o chamado do silêncio

Helena Iriarte

o chamado do silêncio

TORDSILHAS
Rio de Janeiro, 2024

O chamado do silêncio

Tordesilhas é um selo da Alaúde Editora Ltda, empresa do Grupo Editorial Alta Books (Starlin Alta Editora e Consultoria LTDA)

ISBN: 978-65-5568-204-5

Dados Internacionais de Catalogação na Publicação (CIP)
(Câmara Brasileira do Livro, SP, Brasil)

Iriarte, Helena
O chamado do silêncio / Helena Iriarte. --
1. ed. -- Rio de Janeiro : Tordesilhas, 2024.

Título original: El llamado del silencio.
ISBN 978-65-5568-204-5

1. Ficção colombiana I. Título.

24-195630 CDD-co863

Índices para catálogo sistemático:

1. Ficção : Literatura colombiana co863

Tábata Alves da Silva - Bibliotecária - CRB-8/9253

Produção Editorial: Grupo Editorial Alta Books
Diretor Editorial: Anderson Vieira
Editor da obra: Rodrigo de Faria e Silva
Vendas Governamentais: Cristiane Mutüs
Gerência Comercial: Claudio Lima
Gerência Marketing: Andréa Guatiello

Produtora Editorial: Caroline David
Tradução: Rafael de Oliveira
Copidesque: Vera Moraes
Revisão: Beatriz Medina
Projeto Gráfico: Marcelli Ferreira
Diagramação: Joyce Matos
Capa: Marcelli Ferreira

ALTA BOOKS
GRUPO EDITORIAL

Rua Viúva Cláudio, 291 – Bairro Industrial do Jacaré
CEP: 20.970-031 – Rio de Janeiro (RJ)
Tels.: (21) 3278-8069 / 3278-8419
www.altabooks.com.br – altabooks@altabooks.com.br
Ouvidoria: ouvidoria@altabooks.com.br

Editora
afiliada à:

À sua memória.
E à daqueles que partiram há
muito tempo,
mas continuam vivos
na minha memória.

"Em nosso amor há uma tristeza
que se assemelha à alma."
— JORGE LUIS BORGES

"Aquele olhar, aquela risada que se metamorfoseou
em uma rachadura repentina, um rasgo, um
relâmpago, uma palavra ouvida
numa proximidade assustadora de distância infinita
proximidade assustadora."
— CIRCE MAIA

"Sou a sombra que vasculha a pilha de escombros."
— PEDRO SALINAS

Sumário

1

Durou apenas um instante, mas ressoou no meio do meu peito como se a cordinha que sustenta o meu coração o deixasse cair e ao meu redor se tivessem feito em pedaços os vidros de todas as janelas enquanto uma voz me chamava com a urgência do repicar do sino; sem pensar e antes de entender o que estava acontecendo, olhei ao meu redor para saber se entrava ou saía de um sonho, ou de onde vinha essa multidão desconhecida que rompeu depois de tanto tempo a calmaria da minha casa; então, como quando eu era pequena e, ao anoitecer, procurava o esconderijo dos meus medos, tentei em vão encontrar a origem disso entre as primeiras luzes da aurora onde os objetos começaram a recuperar sua forma, no copo d'água quase vazio, no livro que ficou entreaberto sobre a manta, no cabide onde estava pendurada a bolsa; porém o ambiente estava calmo e apenas se ouvia silêncio.

Mas na minha alma tudo estava um caos e, como eu temia tropeçar até mesmo na minha própria sombra, sentei-me na cadeira de balanço e fechei os olhos para pensar ou tentar decifrar o que eram as milhares de palavras que flutuavam, enredando fragmentos de memórias que se espalhavam pelo ar, aproximavam-se e, à maneira dos sonhos, confundiam as imagens e os seus nomes; coloquei as mãos no canto e esperei que cessasse o estrondo, e, quando se tornou apenas um murmúrio que foi se desprendendo do ruído, reconheci a voz da minha velha amiga que de longe me pedia para cumprir o que eu havia prometido e me questionava por que, durante tantos anos, eu me recusei a aceitar e, portanto, a lembrar; então tive certeza de que seria inútil tapar os olhos como nessas festas, para romper a pinhata. Fiquei tão confusa que me apressei a me olhar no espelho e confirmar que nada havia mudado, que ainda era eu mesma, aproximei-me dele até que a névoa dissipasse as bordas dos lábios que tremiam um pouco, ou talvez até que falassem comigo em segredo, e fiquei assim por muito tempo, aérea, e quando me dei conta disse em voz alta, quase gritando, para que o eco repetisse e se espalhasse de cômodo em cômodo até o solário, as sombras daqueles que já não estavam comigo, mas esperavam de longe e há anos para que ela pudesse sorrir porque eu começava a cumprir minha promessa; eu lhes disse que havia chegado a hora de dar meia-volta, de refazer os velhos caminhos que foram realmente o início da minha história, de reencontrá-lo; mas que direção tomar? Durante anos, quando estive sozinha, apenas ia à escola e voltava; passeava pelo parquinho com uma amiga e, quando ia às lojas comprar o que precisava, da janela do ônibus via as esquinas que não eram mais as mesmas, as ruas que se ampliavam e as casas antigas que haviam sido demolidas para erguer os grandes edifícios de uma cidade que se tornava cada vez mais estranha para mim.

E, ao me aproximar para contemplar o sol que já começava a despertar entre os morros, vi uma luz radiante e pareceu que eu estava olhando para ela pela primeira vez; encostei o nariz no vidro, como quando era criança, e novamente ouvi minha voz questionando, não sabia a quem:

— Por que você não me deixa ver o que há por trás das montanhas, lá onde o sol nasce?

Nunca ouvi a resposta, mas eu mesma expliquei:

— Os rios e, mais distante, o mar, que vai para o outro lado da terra, que é grande. Lá encontram o céu onde não posso ir porque minhas asas de tule e papel dourado que minha avó fez para eu me vestir de anjo na procissão de maio estão quebradas.

Comecei a desenhar com cuidado o que imaginava e, para não me perder numa paisagem onde o céu e a terra se confundiam, tracei caminhos salpicados de seixos, para caminhar com segurança naquele labirinto que ia de um extremo a outro daquele mundo improvável; todos os dias estava repleto de animais e pássaros que ninguém conhecia e montanhas coroadas de neve muito branca.

Essas imagens me acompanharam nesse tempo passado tranquilamente; foram dias, semanas pelas quais eu saltava como se fossem amarelinhas e a casa era o paraíso onde, salvo uma doença ou outra, nenhum mal se aproximava, a ponto de a vovó acreditar que a morte havia nos esquecido desde que mamãe faleceu; então, para evitar que o infortúnio voltasse, nunca foi mencionada na família; porém, lentamente, ela penetrou alguma brecha, enquanto os mais velhos evitavam nomeá-la, e, antes que percebêssemos, ela levou consigo aqueles anos felizes, tecidos e enredados com histórias, viagens e projetos que mais tarde viraram jogos; vovô se foi em silêncio, como se tivesse atravessado o umbral na ponta dos pés. E, mais tarde, quando já começava a ficar parecido com seu velho, papai me deixou também, mas ainda há tempo para isso acontecer e mais ainda para a história da vovó acabar, quando ela já tinha mais de cem anos; ela precisava viver porque ficamos sozinhas e não queria me abandonar; ela só me deixou quando teve certeza de que poderia ir em paz.

E continuei morando nesta casa, que poderia acomodar uma família numerosa, porque não me sentiria bem em outro lugar, longe desses recantos cheios de saudade, onde a música me acompanha até tarde da noite em meio à minha agitação com papéis, telas, pincéis e tubos coloridos. De vez em quando, escuto o ranger da madeira que reveste as paredes. Há muito tempo estou habituada às minhas noites tranquilas, sem horários, e às madrugadas em que regresso à vida com o barulho das crianças brincando e correndo, porque irão se atrasar para a escola, com os pássaros que vêm beber água e bicar as migalhas de pão que deixo todos os dias, e com o ambulante que passa vendendo aos gritos bilhetes da sorte que já não me interessam. Depois saio para dar minhas aulas, volto quase à noite e continuo trabalhando até bem tarde; desta forma cumpro parte da minha promessa, mas os dias passam como água com sabão que escorre pelos meus dedos e lava a sujeira, mas também a espuma branca.

Dessa forma lenta e monótona, o tempo passou até esta manhã, quando o vidro estalou, quando vi meu rosto no espelho, quando reconheci a voz dela, a voz da minha velha amiga me pedindo para cumprir o que havia prometido: aceitar que era verdade, que estou sozinha desde então, que ele não está mais comigo. Mas, embora eu possa repetir o que ela me disse, ainda preciso ir mais longe, tocar essa verdade com as mãos e voltar a viver e a recordar, que é a única maneira de escapar da morte.

Olhei as estantes cheias de livros, os objetos que pareciam aguardar o hábito de minhas mãos tirarem a poeira que não parava de cair, as paredes com os quadros que ele pintou ao retornar. Parei em frente ao quadro que não consegui terminar, porque não consigo encontrar a cor ou aquele brilho que tinha no seu olhar naqueles dias tristes, quando estava prestes a partir. Então me aproximei temerosa e comecei a retirar a sujeira que encobria a fresta por onde tantas vezes tentei olhar e, quando espiei, a velha e desvencilhada porta da memória me deixou passar e me vi no meio de um espaço abarrotado de fragmentos dispersos que seria necessário ordenar um pouco, caso quisesse reconhecê-los; de coisas que um dia foram minhas: vestidos de festa que o tempo havia rasgado, a cadeira onde um dia me sentei para aguardar, as cortinas de chita que, meio rasgadas, deixavam a luz passar pelas rendas de crochê. Teria que restaurar as páginas onde prendia com alfinete as lembranças para não as perder; a algumas páginas faltava uma parte que deveria inventar, outras só tinham um poema ou a letra daquela música que perguntava e respondia ao mesmo tempo e eu comecei a cantar:

De onde eu venho, amiga?
De uma casinha que tenho
abaixo do campo de trigo.

Num canto encontrei o álbum, quase esquecido, onde papai colocava as fotos que tirou de mim desde que nasci e, nas últimas páginas, seguindo uma sequência arbitrária, apareciam pessoas, que não conheci, que talvez fizessem parte da história familiar que não cheguei a conhecer; muitas dessas fotos haviam se separado e restava apenas uma caixa vazia e amarelada, e, enquanto soprava a poeira, flutuavam no ar fragmentos de imagens, de cartas esquecidas, recortes de outra época e papéis manchados ou escritos com aquela tinta invisível que preparei para escrever meus segredos; o que parecia ter alguma importância se misturava ao mais absurdo, como um buquê de rosas secas ainda cheias de espinhos; tudo se confundia, mas ainda era possível trazê-lo de volta à vida, como quando coloria as gravuras dos livros; talvez eu encontrasse aquela boneca que desapareceu, até mesmo da memória, depois que meu pai morreu.

Olhei para o relógio da sala quando badalou as horas e deixei para depois a intenção de organizar o que havia encontrado no sótão esquecido porque já estava ficando tarde e eu tinha que me apressar, ou não conseguiria chegar lá, então guardei na bolsa o pouco de que precisava, o mapa antigo que nos acompanhava naquelas viagens e as fotografias para me guiar no tempo e nos caminhos que deveria seguir; o que deixei para trás, exceto aquele canto, estava em ordem, escrevi um bilhete para Lucía para que ela soubesse que eu havia partido, tranquei a porta e corri para a estação, no momento em que o apito do trem anunciava a partida.

Eu mal conseguia respirar e meu coração acompanhava o trepidar da locomotiva; acomodei-me na janela e me inclinei para ver as mãos que acenavam para se despedir dos viajantes e, embora ninguém me conhecesse, comecei a acenar as minhas para me despedir e sorria para quem corria ao lado do trem até que se tornaram pequenos e não os pudesse ver mais. O trem passou rapidamente pelas últimas casas feias e meio caídas da periferia da cidade, mas logo o ar que movimentava as folhas de eucalipto clareou e meu olhar foi direcionado para detrás das plantações que começavam a florescer. Saindo das tristes cidades do cerrado, o vagão foi tomado por um cheiro verde e fresco de terra quente, o vento se transformava em uma brisa morna que quebrava as folhas das bananeiras e eu não cansava de olhar, não sabia se para a menina que fui ou para a surpresa de vê-la novamente tentando colher as florzinhas brancas e vermelhas, que, apesar da fragilidade, ainda não haviam murchado e, se ela tivesse esticado os braços, teria conseguido tocá-las da janela do trem.

O cobrador, com o uniforme já meio amassado, veio me pedir a passagem e, enquanto esperava, conversando com outros passageiros, consegui tirá-la da bolsa; estava amarelada e com as bordas dobradas, mas intacta porque a guardei durante anos dentro de um caderno onde escrevia frases tiradas de livros, tentativas de poemas, cartas quase rasgadas pela dobra e a receita de uma sobremesa que nunca consegui fazer; o homem sorriu e me disse algo que não consegui entender e, como se já me conhecesse, desejou-me uma boa viagem, equilibrando-se pelo vagão, e pensei, com certa nostalgia, que nunca mais nos veríamos.

O trem passou lentamente pelos galhos grossos e parou nas estações de algumas pequenas cidades que conheci e, quando saiu da trilha estreita, começou a correr pela planície que se estendia até as montanhas borradas pelo calor da terra quente e onde eu queria subir, quando criança, para comprovar que eram azuis e não verdes ou marrons, como a professora de geografia nos ensinou. Isso foi há muito tempo, mas depois, quando ele me ensinou a olhar, entendi que a cor delas era a que meus olhos viam e, mais ainda, a que eu queria ver; só que agora o que me interessou foi o rio que corre no cânion, serpenteia e gira pelo vale como se tivesse se perdido até que, bem expandido, passa pelo porto. Mas, de repente, enquanto divagava, e sem qualquer aviso, o trem parou; não havia cidade, nem mulheres vendendo frutas, e eu mal conseguia ouvir vozes explicando que os trilhos haviam afundado, ou enferrujaram e estavam cobertos de grama e flores amarelas, e outros perguntando para onde tinha ido a velha locomotiva e sua fileira de vagões que só voltaram a funcionar para eu fazer esta viagem.

Levantei-me para ver o que estava acontecendo, mas o vagão em que me encontrava estava vazio e o maquinista me explicou que aquele tempo havia acabado e ele, embora estivesse cansado, teria que procurar outro emprego. Senti pena e ficamos em silêncio por um momento porque não havia mais palavras; nós apenas apertamos as mãos e com um sorriso contido eu lhe disse:

— Se Deus quiser, nos veremos novamente.

Caminhei lentamente pelo corredor, acariciando o couro das costas dos assentos, um tanto gasto, e me sentei no estribo do trem que nunca mais se moverá.

E agora não sei bem onde procurar o que se perdeu após tantos anos em que desejei não olhar para trás; também não conheço o caminho que leva à nascente onde surgem os rios. Só me resta repetir a fórmula mágica que um dia aprendi para encontrar o que estava escondido em algum canto da casa ou num reduto da memória: feche os olhos, cruze as mãos sobre a cabeça, peça a São Bento e aguarde.

Mas às vezes, sem a ajuda do santo, as lembranças saem do esconderijo e começam a deslizar como um rastro de areia; foi assim na época em que a vovó tirou uma caixa de papelão do meio de uma pilha de coisas velhas e, quando a vi, parecia que o tempo havia mudado, dias regressaram e eu me vi como uma menina, quando meu pai me deixava ver os negativos e as quinquilharias brilhantes no quarto escuro. E voltei na ponta dos pés para tentar descobrir o segredo escondido nas mãos do papai que, ao ficarem submersas na água dos baldes, tirava de lá nossos retratos. Maravilhada, sentei-me na poltrona para ouvir, com os olhos arregalados, a explicação de cada etapa do processo que nunca compreendi muito bem, talvez porque preferisse acreditar que se tratava de um ofício de magia, para o qual só ele tinha a fórmula.

Sopra somente uma brisa fina, em que o assobio de um pássaro ou o voo de um inseto se agita; não se ouve mais nada, mas mesmo que eu precise esperar, talvez retorne àquele dia ou a qualquer outro, então poderei ver daquela distância o que estávamos fazendo naquele momento; é uma tarde qualquer, estava claro e como já havia terminado a lição de casa, saí correndo para brincar com meus amigos no quarteirão. E agora, ao rever aquele dia já perdido, parece-me que está envolto em uma alegria que naquela época eu não poderia compreender; vou ficar aqui esperando sem falar nada; talvez eu consiga ouvir as risadas, as palavras e os gritos e, como ninguém mais me espera, posso continuar olhando para longe até onde o sol alcança, enquanto os cervos deslocam-se antes que escureça.

E, de repente, no meio do entardecer, como se fugisse do silêncio, um rumor surge de longe e se transforma em palavras que, assim que externadas, já ecoam, vêm e vão com o ar. Saltam sobre as mais curtas que se alongam no final e se desfazem; estreito os olhos para ouvir melhor e começo a repetir, com um misto de riso e nostalgia, a letra daquelas músicas cujos versos pareciam entrelaçados ao acaso:

— Prato de ouro, ourela de vidro, tira, tira, da porta principal.

Imagens sem coerência, unidas apenas pelo ritmo; e enquanto repetíamos a música estávamos girando e girando em torno do nada:

— Quem é essa gente que perambula por aí, que não nos deixa dormir nem de dia nem de noite? — E vozes responderam: — Somos os alunos que vêm estudar na capelinha da Virgem do Pilar.

Nunca me perguntei o significado daquelas palavras que irrompiam com a melodia, como uma oração ao anjo da guarda.

Ocorre que naqueles dias gritávamos tanto que o som atravessou anos e espaços para chegar até mim agora que estou chorando sem saber por quê; talvez porque me lembre daquela época em que tudo virava riso, como a farinha que, ao ser amassada, enchia o ar da casa de um aroma denso e depois saía do forno em forma de biscoitos que eu secretamente tirava dos potes onde minha avó os guardava e só de evocar seu nome eu a via vindo me dizer que a vigília noturna poderia me fazer mal e que era hora de entrar em casa.

Mas é tão estranho vê-la por perto que tento alcançá-la, ouvir novamente suas palavras quando me oferecia um doce na tentativa de me confortar e enxugava minhas lágrimas e limpava o muco com o seu lencinho branco, que ainda carrego comigo. Mas não posso mais porque já entrou em casa e a porta está fechada; então fico olhando aquelas tardes em que ela me ajudava com a lição e eu repetia mil vezes tópicos como a independência ou o catecismo ou a tabuada dos nove, que era a mais difícil de memorizar; não sei se os dias daquela menina que fui passaram rápido ou eram apenas um povoado de seres fantásticos que não cansei de inventar e que foram parar naquele navio. E, no entanto, o tempo antigo regressa, aquele que se arrastava lentamente quando se aproximava o Natal ou a data do meu aniversário que parecia nunca chegar.

E agora, sentada neste velho vagão, posso pausar um daqueles dias que passaram tão rápido e que depois pensei com saudade sobre ser melhor continuar com a ilusão de esperar por ele; mas agora posso prolongar aquela noite da minha festa, olhar o vestido, sentir a textura do tecido novo, tocar nas florzinhas que a vovó colocou no corpete, virar devagar e descer as escadas, e não pelo corrimão como eu fiz por semanas na adolescência, e ouvir a música que já está tocando e cantarolei repetidas vezes; a sala está iluminada e tudo é risada e eu fico girando como naquela história das princesas que todas as noites escapavam para dançar no bosque até a sola dos sapatos se gastar.

Enquanto viro o galho com que estou retirando e aplainando a terra, as formigas que andam em fila, carregadas de pedaços de folhas, desaparecem num buraco e só fica o caminho marcado pelas pegadas; o silêncio me entristece e me sinto só, mas não consigo mais voltar, então aperto os olhos para enxugar as lágrimas, para não ver nada porque aqui só tem barracos, alguns arbustos secos e o tempo parou, talvez devido ao silêncio que cessou repentinamente; algo semelhante ao som de um fio d'água escorrendo entre pedras me faz levantar o rosto e me parece que há um caminho, mas é pedregoso e não me movo porque não sou mais aquela garota que corria entre as pedras, confiante de que a felicidade duraria para sempre como nas histórias que fiz a vovó repetir incansavelmente.

Ela sabia tudo das histórias e muitas coisas que eu desconhecia, o que me fazia feliz e o que me assustava; talvez por isso ela tenha segurado minhas mãos de repente, apertado-as e dito que eram muito bonitas, "como as da sua mãe"; ela ficava calada acariciando os meus dedos, ensinando-me a fazer uma casinha com as mãos e seus olhos umedeciam; talvez o medo de que algo pudesse nos separar prematuramente e agora penso que foi com esses gestos, com aquelas noites em que jogávamos ludo enquanto o pai revelava as suas fotos, com as sombras que as suas mãos faziam nas paredes, como tecíamos o hábito, aquele caminho amoroso que percorremos sem perceber; e o passar dos dias foi marcado pela chegada do papai, pelo cheiro que vinha da cozinha e avisava que era quinta de ensopado ou sábado de panela de doce de leite e, enquanto isso, o tempo passava devagar e deixava rastros de riso e entusiasmo, às vezes, tristeza.

Mas ainda é cedo para chegar ao que a vida me reservava, porque àquela altura eu só sabia o que a minha avó me contava, o que chamava de histórias da minha mãe, guardadas na minha imaginação de criança, organizadas e repletas da sua presença inventada; papai raramente falava dela, porque "sofreu tanto que talvez não quisesse reviver aquele momento doloroso de doença e morte da qual nunca se recuperou", explicou-me a vovó ao evocar a filha enquanto eu a desenhava. Eu a coloria sentada no meio das paisagens, sempre com uma flor na mão, a que eu gostaria de lhe dar, e, quando papai me levava ao parque, eu arrancava duas daquelas florzinhas brancas, pequenas e minúsculas, uma para manter dentro de um livro grosso e depois colocar ao lado dela no desenho e escrever, "para a mamãe" e a outra para levar para a vovó e como se ela estivesse me enrolando em um cobertor quentinho, sinto calma de novo, porque vou com a sombra dela ao meu lado e com a presença do papai que cuidou de mim e me mostrou a direção até o dia de sua partida e ficou com a mão se agitando no ar para se despedir.

E agora tenho que ficar esperando porque seria inútil chamar, forçá-los a aparecer, porque eles são teimosos e, enquanto chega a hora de nos encontrarmos, fecho os olhos para evocar o som da água caindo no copo quando sinto sede, do barulho da cachoeira que se anuncia antes de vê-la cair na pedra e sinto vontade de correr novamente, de conhecer rapidamente o grande rio, mas tenho medo de fazer aquela viagem novamente; ficarei magoada com a perda da felicidade do início da minha adolescência, encerrada por aquele grito que eu preferiria não ouvir. Além disso, o porto fica muito longe e não consigo chegar porque não restou nem trilho para o trem voltar a circular.

Não sei há quanto tempo estou aqui, feito uma tola, sentada no estribo deste trem, olhando o bico dos sapatos, esperando que as formigas saiam novamente da toca e, sem saber de onde está vindo, ouço um barulho tomando forma de repente no meio do nada e na minha frente; é um caminhão velho e dilapidado; o homem ao volante acena para mim e diz que pode me levar; não sei exatamente aonde, mas desde que tranquei o portão de casa tive a certeza de que os caminhos seriam imprevisíveis e a jornada serpentearia sem direção fixa. Ela se rebela contra o meu desejo de ser paralela ao tempo que havia passado de modo implacável e teimoso ano após ano. Então, por algum sinal desconhecido, percebi que estava vagando por um labirinto cujo centro teria que alcançar para compreender a sua estrutura e sair sem me perder. Continuaria andando; porém ainda sentia medo porque, apesar de coberta por um véu, conseguia adivinhar a figura que estava escondida naquele centro que inevitavelmente teria que alcançar.

Sem pensar em voltar a ver o rio, acomodei-me na cabine do caminhão, que sacolejava por uma estrada de terra, mal me permitindo ouvir o que o velho dizia a respeito da aldeia onde nasceu, à beira do rio. Embora se orgulhasse de nunca ter ido além de onde seu caminhão o levava, tinha uma ideia estranha de terra. Ele me explicou, embora eu não tenha entendido muito bem, que sua cidade está localizada no centro, "e todos os rios do mundo deságuam no Rio Grande". Para me deixar claro, parou o caminhão e começou a desenhar o mapa num pedaço de papel amassado que eu olhava para não perder nenhuma explicação; em seguida, guardei-o com cuidado, ele ficou tão feliz por ter me ensinado o que eu não sabia que começou a cantar. Assim, entre conversas e histórias, as horas foram passando, até que, ao descer uma colina, ele parou e gritou:

— Chegamos, olha só, é o Monserrate, o mais luxuoso; ele está te esperando lá, se apresse senão poderá partir sem você.

Agradeci. Quando cheguei ao cais olhei para o nome, branco e brilhante, pintado na lateral do navio que parecia algo de filme antigo ou talvez um sonho; papai já subia o degrau que servia de ponte e não me ocorreu questionar como chegou ali sem que eu o avistasse na planície e logo, como se a volta no tempo também corresse, o navio começou a se afastar muito lentamente da costa. Corri até o topo para ver a roda que já girava e lançava uma torrente de espuma que fez meu coração bater descompassado.

À noite, o barco parecia uma festa com suas luzes, deslizando sem pressa rio abaixo. Sentamo-nos para admirar a selva, iluminada ocasionalmente pelos raios de uma tempestade distante. Papai adorava aquele rio e relembrou aqueles anos em que viviam no único pedaço de terra que conseguiram manter quando os tios os deixaram sem nada.

— Antes de amanhecer, saíamos com os pescadores para lançar a rede. Quando a retirávamos carregada de peixes que ainda se contorciam, eu ficava tão feliz que nunca me ocorreu se tratar de um trabalho e que eram esses peixes que nos davam o que comer. Mamãe estava à minha espera com uma xícara de café e, antes que o calor chegasse, pedia para eu comprar arroz e bananas, que custavam apenas centavos, e levar o pescado ao mercado. — Após um silêncio que serviu para recompor a história, ele continuou me contando. — Depois fomos à cidade porque a obsessão do meu pai era que eu pudesse estudar, e lá, com a ajuda do meu padrinho, em poucos anos me tornei engenheiro químico; porém, eu só queria voltar para o rio, morar ao lado dos amigos que havia deixado para trás. Depois de alguns anos voltei para procurá-los, mas a cidade já era outra, os mais velhos haviam morrido e os que cresceram comigo falavam de coisas novas, diferentes, não se interessavam por lembranças e me faziam sentir como um peixe fora d'água. Então eu fui embora para sempre.

Explicou-me o porquê de o navio estar na costa:

— Porque é perigoso navegar à noite quando há tempestade; pode haver árvores caídas na água.

Caminhamos um pouco pelo corredor e, apoiado na amurada, papai continuou evocando seu passado.

— Acho que me apaixonei pela fotografia porque precisei recuperar as imagens que se esvaecem na memória até se perderem e ficarem como uma lâmpada que se apagasse. E não esqueci da vontade de voltar, mas sentia medo, até que um dia, durante a semana, para ter certeza de que não teria ninguém por perto, fui com minha câmera e tirei fotos da beira do rio, da casa, da cerca, da loja, antes que os barcos voltassem e pudessem me ver. Então, quando fico nostálgico, posso vê-los jogando ao ar a rede que se abre, voa e cai no rio com a lentidão dos sonhos, os acompanho na volta com cestos cheios daqueles peixes que brilham com o sol como se fossem de prata e me vejo com eles na loja contando coisas que nos faziam rir.

A tempestade havia ido para o interior da selva, o único som era o bater da água no casco do navio e o esvoaçar dos insetos que se agarravam às lâmpadas. Sentamo-nos para aguardar papai terminar sua narrativa e enquanto as imagens desapareciam sentimos passos retumbantes nas tábuas do corredor.

Era o capitão, um homem simpático e sorridente que veio nos perguntar se estava tudo bem e depois pediu autorização para se sentar conosco e explicar por que o navio não navegava à noite, pelo que ele dizia; acho que não entendi nada ou não estava prestando atenção, só queria olhá-lo e esperar que ele olhasse para mim, assim as frases ficaram confusas ou eu apenas podia ouvir o final e, enquanto isso, apesar de saber que ele ficaria no navio ao término da viagem, comecei a inventar histórias que, como papai com suas fotografias, eu queria manter bem trancadas no quarto escuro da memória. Pareceu-me que ele estava triste, ou pelo menos foi o que pensei, talvez porque esta seria a última viagem do Monserrate ao longo do rio; mas não, estou inventando isso agora, porque ele ainda não poderia saber e eu também não; como não havia muita luz na amurada onde estava encostada, aproveitei para continuar com os olhos fixos no rosto do capitão. Ele falou das viagens e, com uma calma que parecia tirada do rio, começou a afrouxar, atar e desatar nós que transformavam as histórias vividas num quadro maravilhoso, repleto de aventuras.

E de repente, como se acordasse de um sonho, ouvi-o perguntar meu nome; tive que engolir saliva porque minha boca estava seca e, com uma voz que parecia vir de outro lugar que não da minha garganta, respondi bem devagar:

— Adelaida.

— É um nome de princesa, muito lindo — disse, repetiu-o e sorriu.

Ele olhou pela primeira vez meu rosto ardente; fiquei sem graça, como se tivesse lhe entregado uma parte minha e ficado nua na frente dele, que ainda conversava com o papai, e eu tivesse deixado de existir outra vez, mas estava ali sem saber o que fazer; uma princesa? Talvez uma princesa boba, com uma vontade enorme de chorar ou de ir embora, mas papai se levantou e, enquanto ia à cabine pegar alguma coisa, o capitão começou a falar coisas que já esqueci; ele não me perguntou nada, mas, como se quisesse me explicar o que eu não sabia, falou sobre a lua e o rio, sobre o primeiro barco a vapor que navegou por lá há cerca de cem anos, até que papai voltou e continuou com as histórias da selva e dos animais, mas agora se dirigia a mim também então eu não queria mais do que olhar para suas mãos a demonstrar as imagens ampliadas; e quis registrar o que ele explicava, senti que meus pés não pesavam mais, que as asas cresciam e eu poderia voar com um pequeno impulso e tocar uma felicidade ainda mais doce do que sentir o sorvete derreter na boca e rir das freiras que diziam que tanta alegria é mentira inventada para enfeitiçar as meninas.

E, na verdade, acho que estava enfeitiçada; não entendia muito bem o que me falavam e quis fazer uma barreira com as mãos para que o tempo parasse, remover os ponteiros de todos os relógios a fim de parar a noite, pedir aos santos que fizessem o rio subir. Meu coração dava saltos toda vez que ele me olhava, eu queria gritar; até que papai disse que era hora de descansar e infelizmente precisei aceitar que o tempo dele não tinha nada a ver com meus desejos. Despedimo-nos do capitão e eu agarrei firmemente as suas mãos entre as minhas, tomando seu calor, quando ele nos deu boa noite. Falou que no dia seguinte poderíamos descer com ele para conhecer a cidade, porque uma pá da roda do navio precisava ser consertada. Mal consegui dormir, acreditava que o brilho do amanhecer esgueirava-se por qualquer fresta, confundia cada barulho com os passos dele andando pelo corredor porque, talvez, ele também estivesse pensando em mim e, com a primeira luz que entrou pela porta da cabine, levantei e, em passinhos silenciosos para que papai não acordasse, fui para a sala de jantar. Ele me convidou para sua mesa, mas eu estava tão nervosa que as palavras se dissolviam na minha boca como algodão doce e tudo em que eu conseguia pensar eram coisas bobas que poderiam sair fragmentadas, como as sílabas da cartilha quando eu estava aprendendo a ler; mas como ele falava, falava e dava ordens, certamente também não se importaria com o que eu poderia dizer, e, no meio de uma frase, ele se levantou e virou porque estava prestes a iniciar uma manobra. Tomei café da manhã com papai e, quando o navio se aproximou do cais, ele acenou para que descêssemos; então me deu a mão para sair do navio rumo à escada, e para caminhar entre tábuas, cestos de peixes, cachos de bananas e carregadores que avançavam aos gritos e carregavam grandes trouxas sobre as costas nuas. Ele vestia seu uniforme e andava como se fosse o dono, não só do navio, mas das pessoas que se amontoavam, das que passavam pelo cais e do chão que pisávamos.

No mercado, papai me comprou uma boneca de pano e veio até mim muito feliz porque sabia o quanto eu gostava delas. Mas, em vez de receber o que ele me deu, eu não sabia o que fazer, porque o capitão poderia acreditar que eu ainda era uma menina que brincava com bonecas. Foi um momento muito longo, papai ali, esperando que eu o abraçasse e eu não conseguia me mexer; até o ar estava parado. Estupidamente parado. Havia mulheres vendendo frutas, carregadores avançando, crianças comendo laranjas, todos me olhavam imóveis e eu só queria correr e me esconder onde ninguém me visse chorar. Fiquei com medo de decepcionar meu pai, e ao mesmo tempo de parecer uma menina, até que papai olhou para mim e com ternura alegre disse:

— Acho que posso tirar uma boa foto dessa boneca se a colocarmos na frente daquele quadro de que você tanto gosta.

Então, puxada por uma força vinda de cima, a menina de quinze anos voou, desapareceu nas nuvens e desceu novamente ainda jovem; eu gostaria de abraçar o papai e perguntar a ele: "como você pôde adivinhar o segredo que nem eu conheço bem, nem sei o nome?" Senti que havia algo novo nas minhas mãos, o fio de uma pipa colorida que voava bem alto e era minha; comecei a rir e, ao falar, as mãos se levantavam dos lados onde antes pareciam estar amarradas, para dar forma às palavras; os camponeses do mercado cumprimentaram-me e uma criança deu-me uma tangerina. Mas logo voltamos para o navio e o rio foi ficando cada vez mais amplo; então soube que o fim estava próximo, embora na minha imaginação a história continuasse enquanto eu a inventava.

A manhã azul e a alma leve pareciam esperar uma festa e, embora a viagem logo terminasse, senti-me feliz e sem medo; eu ia e vinha pelo corredor na esperança de vê-lo, até que subitamente senti uma comoção e fiquei paralisada de medo porque sua voz se elevava como um trovão rasgando a claridade do ar. Não entendi o que estava acontecendo e para me defender dos gritos tentei me envolver em algo que me protegesse, mas só havia braços e mãos que não eram suficientes para diminuir a violência daquela voz, aquela que me contou sobre a lua e agora insultava brutalmente um pescador que lhe pediu ajuda por estar ferido. Da amurada, que já não era a daquela noite, avistei o tumulto e notei o sangue no braço do homem, enquanto o capitão, com os punhos erguidos, sacudia os braços como se brandisse uma espada, gritando como se possuído, ameaçou jogar o sujeito na água caso ele não desaparecesse, ordenando aos subalternos que o tirassem de sua vista; os da prancha se aglomeraram, discutindo, ele gritou ainda mais alto e o alvoroço aumentou; o medo fechou minha garganta e eu não conseguia respirar; presa ao chão, ouvia suas palavras carregadas pelo ar, elas giravam ao meu redor e eram tão violentas que, sem soltar a amurada, dobrei os joelhos e vomitei; estava tremendo de tanto chorar e cobri o rosto para não ver mais nada, até que uma mão, a do papai, me ajudou a levantar e me afastou da amurada:

— Não há nada que você possa fazer — afirmou — Não contra um homem como esse.

Abraçada ao papai, continuei chorando e perguntei se o pescador ia morrer. Quando a gritaria cessou, os homens desapareceram e a prancha com o ferido tomou outro rumo.

Algumas horas depois, como se nada tivesse acontecido, o capitão subiu para dar algumas explicações ao papai, que não as quis ouvir. Acredito que ele perguntou por mim, mas fiquei trancada na cabine e nunca mais o vimos. Ao descer do navio, levantei o rosto para olhar pela última vez o nome que ficaria gravado para sempre, vivo e brilhante, na minha memória; a roda havia parado e nos afastamos do cais sem dizer nada. Eu estava confusa e nem sabia quanto tempo a viagem havia durado; muitos anos, ou apenas o ínfimo momento da minha alegria. Quando papai me levou à praia pela primeira vez, pensei que a única coisa boa fosse o mar.

No Natal, desci cedo para olhar o mar e lá permaneci por um longo tempo, sem pensar em nada, até que papai veio me procurar. Ele estava feliz e me deu um pacote que abri lentamente para saborear a surpresa; lá estava ela, de olhos bem abertos, a boneca que eu não havia aceitado, até então, por vergonha de parecer uma menina. Papai me olhou e eu desejei lhe explicar muitas coisas e pedir desculpas por aquele dia, mas não disse nada porque ele sabia de tudo, então fomos à praia passear; caminhamos em silêncio olhando as pegadas que nossos pés deixavam na areia e que as ondas levavam ao espalhar a espuma.

Felizmente a viagem de volta foi de avião porque eu só queria chegar, me abrigar no cachecol de lã da vovó, me enrolar no colo dela para não pensar nem lembrar nada; sentir aquele calor que me acompanhava desde as primeiras lembranças quando a sentia se aproximar lentamente da minha cama, com o andar silencioso dos seus chinelos de pano. Ela foi ficando cega aos poucos e, quando já temia tropeçar, se eu não a acompanhasse não iria além do solário e dos cômodos que agora eram um ambiente amigável, onde ela não poderia se perder; e a cada passo inventávamos histórias das aventuras que tivemos numa longa viagem por estradas perigosas. Eram histórias que me divertiam e a deixavam feliz e, como ela sentia falta da rua, aos sábados eu a acompanhava para conhecer as pessoas do bairro, "porque essa coisa de ser cumprimentada quando veem você passar é muito legal", me dizia; depois saíamos à procura de alguma amiga que morava no quarteirão, onde se reuniam para conversar sobre suas enfermidades, para rir de quem não ia àquelas reuniões. Era disso que eu mais gostava, contar novamente, ou talvez inventar coisas muito antigas de suas vidas que lembrassem as histórias que inventamos; tomavam café e fumavam porque eram proibidas de fazê-lo em casa e, mesmo sabendo que eu não contaria a ninguém, frisavam a necessidade da omissão; foi nessa altura que comecei a compreender que a velhice não precisava ser triste e que elas, além de saberem muitas coisas que os outros não sabiam, divertiam-se inventando mundos alegres ou cheios de mistério, que elas me permitiam espiar; riam de alegria e falavam da morte dos que já haviam partido ou da delas, que um dia chegaria. E nomearam isso como parte de outra anedota; cada episódio parecia um filme e às vezes até diziam coisas secretas sobre os mortos, aquelas que ninguém, exceto em sussurros, ousaria mencionar.

Quando sentiu a chave se mexer na fechadura, procurando o encaixe, vovó começou a gritar por mim, que corri para cumprimentá-la e para lhe dar um caracol grande que me venderam na praia, eu queria que ela usufruísse do mar que eu trouxe. Ela o colocou contra o ouvido e, enquanto cantarolava o som das ondas indo e vindo, balançava o corpo lentamente como uma jangada parada na praia. Ela até podia ouvir o choro das gaivotas e ficou tão feliz que me pediu para dar um passeio pelo corredor, já longo demais para seus passinhos, que terminava no laboratório do papai, onde não entramos porque ele sempre lhe repetia, em tom de piada, que havia alguns antigos parentes que poderiam ficar zangados se os incomodássemos com nossas visitas. Então, ela ergueu os olhos claros que nada viam e riu da piada antiga; obedeceu com um sorriso tímido e fomos ao solário porque estava ensolarado e, com a chuva do dia anterior, o cheiro de camomila e hortelã se espalhava pelo ar. Naquele dia, sentadas no banco de madeira, ela me perguntou sobre o rio e o mar e, quando me pediu para lhe contar sobre o navio, eu não sabia o que dizer; fiquei quieta tentando encontrar um fio dessa história para começar, mas tudo isso era tão recente que ainda não conseguia desmembrar e ficava fervendo na minha memória: eu lhe disse que o navio era muito grande, que a roda mergulhava na água, mas como meus olhos lacrimejaram, calei-me. Então ela, como se falasse com o vento, disse:

— Eu sei por que você se calou.

Acariciou minha mão enquanto eu continuava conversando, talvez com o silêncio, e me disse que só queria ouvir o que eu estava disposta a lhe contar porque "saber disso à força seria como entrar furtivamente em uma casa e vasculhar as gavetas secretas". Isso me fez sorrir, mas eu entendi e agora me comove lembrar de sua discrição nada exibicionista e daquela intuição que lhe permitiu saber o que não lhe foi explicado e se retirar, sem dizer nada, exatamente quando necessário, sem ninguém notar, como quando alguém sai do quarto na ponta dos pés para não acordar quem está dormindo.

Passado o momento de silêncio, conversamos novamente e fomos à cozinha fazer um lanche porque já estava começando a serenar e, no calor do fogão, entre goles e goles de chocolate, ela me perguntou se eu via imagens claramente enquanto sonhava e, como nunca tinha pensado nisso, demorei para responder que, às vezes, sim.

— Agora vejo assim e ainda mais claramente do que quando via com estes olhos — e começou a me contar um segredo que não contava a ninguém.

— E enquanto os outros falam, o que contam se torna uma representação viva que posso ver com a clareza que têm as imagens dos sonhos e vejo quando se movem, mudam e se transformam, ou simplesmente desaparecem do lugar onde estavam; não sei se você me entende porque eu mesma não consigo explicar, mas é assim que as coisas são e o que está aí: rostos, histórias e espaços, é mais real e divertido do que o que os outros veem, embora às vezes me irrite, ou me entristeça. As pessoas me rodeiam, me visitam, mas não sabem que as olho naquele palco montado só para mim e, enquanto falam, as suas palavras vão tomando forma no mesmo lugar onde aparecem as imagens do sonho. E quando às vezes tropeço, as pessoas se levantam para me ajudar, talvez um pouco constrangidas porque não me avisaram sobre o canto da mesa; não sabem se me distraí com coisas mais interessantes do que os móveis que às vezes me surgem pela frente, assim que ouço seus cumprimentos a cortina sobe e fico muito atenta esperando a cena oculta que eles não veem, porque apenas ouvem as próprias palavras.

Então, ousei falar sobre o que tinha guardado em minha mente, mas o fiz de forma desordenada e, ao falar, fui pulando de uma coisa a outra como se meus pés estivessem queimando na areia quente, e, enquanto ela dava corpo e voz ao capitão e montava a minha história, eu caminhava novamente pelos lugares que vovó via com mais clareza do que eu, Adelaida, tentando encontrar meu caminho naquele labirinto. Contei sobre o capitão, cujo nome nunca soube, da alegria de vê-lo e do grito que ainda ouvia, como um eco; depois, mencionei a boneca, porque ainda precisava de alguém além do papai para me absolver, e estava recomeçando e preenchendo as lacunas que havia deixado, para que ela pudesse compor o roteiro adequadamente e assim, quando olhássemos juntas, eu pudesse entender. Ao terminar de reviver o que tanto me doía, ficamos um pouco em silêncio enquanto a história se perdia no navio e no meu pranto, em algum lugar que fosse o depósito onde se armazenam as tralhas que não são mais úteis, mas, por alguma razão, não ousamos jogar fora. Depois, já longe do rio, ao lembrar aquela viagem que estava presa em um buraco, entendi por que, quando voltamos para casa, as roupas que havia deixado no armário me pareciam pequenas.

Só faltava a vovó me dizer se achava que ele olhara para mim como se olha para uma jovem e se depois, quando perguntou por mim e não me viu mais, ele ficou um pouco triste e foi me procurar nos corredores ou subiu para ver se eu estava na frente da roda, com o rosto brilhando com gotas de espuma ou com minhas primeiras lágrimas. Ela não quis me responder e, embora eu insistisse, me disse para deixar isso para lá, porque desapareceria gradualmente, como os pesadelos.

Mas às vezes as imagens não desapareciam e talvez o capitão do navio, assim como os fantasmas, tenha voltado com um rosto e uma voz diferentes e me perguntado outra vez: "Qual é o seu nome?" Entretanto, por algum motivo, não sei se por causa de um medo cego de violência que tenho desde criança ou porque passei a desconfiar um pouco das palavras, se algum truque repentino surgia, eu chamava vovó, não para me dar conselhos, mas contar uma história que de alguma forma estava relacionada com aquilo que me preocupava e logo deixava isso para lá.

E agora, de volta, me pergunto: "o que estou fazendo aqui novamente, ao lado desse vagão abandonado no meio de um tempo parado, em uma planície onde tudo pode acontecer e sem a vovó e a boneca que me teriam feito companhia?" Tenho apenas as fotografias e, talvez, algumas mostrem o caminho que devo seguir para encontrá-lo e ficar ali, onde está a sua memória entre tantas idas e vindas, para aceitar e cumprir a promessa. No entanto, ainda não chegou a hora.

Assim como fui em busca daquele barco a vapor, do meu pai e da minha avó que me curaram daquela primeira tristeza, agora só quero ir em busca dele em um caminho antigo, encontrá-lo, passear com ele por um dia que passou sem que prestássemos atenção e que agora, quando não é possível voltar, revela o encanto das coisas simples, do que era apenas a vida. Mas o que aconteceu durante esses anos? Por que, diante de certos acontecimentos, a memória escolhe, descarta ou mesmo apaga, até que uma situação aleatória, um pequeno objeto como aquela caixa, libera a torrente do que se pensava estar esquecido e retorna, mas a correnteza não está mais lá e tudo o que resta é o leito do rio por onde a água correu? E então nos perguntamos por que secou, se era tão belo? Ou para onde foi tanta água translúcida que agora poderia tornar verde a grama ao longo da margem do rio?

2

A tarde se estendia lenta e nublada; o céu estava carregado e caía insistentemente uma garoa boba que nem fazia barulho; às vezes uma abertura nas nuvens revelava um sol pálido que aparecia por um momento e eu pensava no tédio das portas fechadas, no céu nublado, no frio que me fazia tremer, nos guarda--chuvas e nas pessoas que passavam curvadas como se apenas quisessem olhar para nada além do chão úmido; e da janela via cair as gotas frágeis, e me atentei à voz da Formiguinha que me repetia, com ainda mais urgência, que eu não deveria me atrasar indo por outros caminhos, que havia chegado a hora de aceitar para que as raízes que estavam no subsolo começassem a brotar. E, debulhada em lágrimas, eu lhe disse que sim, que havia chegado a hora de contar a história; porém, para isso era necessário que o meu ponto de início fosse aquele dia.

Era quarta-feira e quem batia à porta era Juan; carregava debaixo do braço a tela de um quadro que uma galeria de Buenos Aires lhe comprara e que papai ia fotografar para o catálogo; ele parecia um pouco tímido e caminhava cuidadosamente como se temesse tropeçar em algo, mas, quando estendeu a toalha sobre a mesa, o seu semblante pareceu se iluminar com o sorriso mais lindo que eu já havia visto; ele parecia seguro e eu engasguei; as vozes chegavam até mim confusas, distantes, e eu não via nada além do vento que soprava na rua e que iria tirar o chapéu da jovem se ela retirasse a mão; talvez fosse perdê-lo porque era o vento, o verdadeiro, mais forte que o de costume, aquele que soprava na rua e levantava a poeira, sacudia os galhos das árvores e fazia a vovó me dizer:

— Com essa nevasca, você pode pegar um resfriado, vá se agasalhar.

Sentia-o, mas nunca o havia visto e logo se acalmava; mas o outro, o verdadeiro, estava ali abanando a aba do chapéu e então, como se algo tivesse me atingido com muita força, eu entendi.

— É magnífico! — exclamou papai e tirou várias fotos enquanto eu seguia olhando, olhando o vento sem dizer uma palavra.

Ficamos fascinados ao ouvir o Juan, que nos contou sobre os lugares onde viveu; alguns me pareciam familiares porque eu os conhecia dos livros que eram meus companheiros desde muito pequena, quando meu pai lia para mim e a vovó me contava deles.

— Mas agora vou ficar aqui, quero pintar e talvez dar aulas — disse-nos.

E, como papai tinha fé na minha vocação e sempre quis que um dia eu estudasse arte e tornasse meu aquele mundo, "o único que pode nos salvar", como sempre repetia para mim, combinou com Juan que me desse aulas; começamos no dia seguinte, e, como se estivesse presa entre formas e cores, eu não queria mais nada além de pintar, mas acima de tudo precisava ouvir a voz que me guiava, a sua; perguntei a ele, pois cada resposta esclareceria minhas dúvidas e me abriria novos caminhos; certa vez, quando tentei lhe explicar o que havia sentido naquele dia com o vento, ele me explicou:

— Foi um encontro com uma realidade que não havia visto até então; agora o seu olhar aprendeu a descobrir outros significados e a entrar num mundo que permanece, na realidade mais bela e verdadeira que só a arte pode nos dar. E amor, claro.

E então me olhou nos olhos, como nunca havia me olhado, mas ainda atrás de uma parede. Como se estivesse arrependido de ter dito isso, lavou rapidamente os pincéis e foi para o quarto escuro conversar com papai. Assim, aos poucos, fui aprendendo, não só a desenhar e a misturar cores, mas a viver naquele espaço além da matéria, onde a luz e a sombra davam vida a olhos que nunca se fechavam e faziam um pôr do sol parar no instante mais luminoso; e, enquanto ele me explicava, tentei repetidas vezes dar vida a mãos que nunca envelheceram; agora, lembrando-me delas amarradas sobre a saia escura de uma adolescente, olho para as minhas, com as mãos agora tocadas pelo tempo.

Quando chegaram as férias escolares, dediquei-me totalmente à pintura; vivia no mundo que Juan me apresentava todos os dias, mas nunca poderia saber se eu era mais do que sua aluna; em vez disso ele preencheu todo o meu espaço e aquele sentimento que só aparecia nos livros, quando ele estava ao meu lado se tornou vivo e denso como as cores que incorporava à paleta; e enquanto ele corrigia o que havia feito e me dava explicações, fitei seu rosto, suas mãos e, embora ouvisse atentamente cada palavra, a minha alma parecia me escapar, suspensa na sua voz, a sua linda voz que quando ele se aproximou se tornou íntima, mas se retirou quando a ternura estava prestes a traí-lo. No final da aula tomávamos café e, às vezes, se fizesse sol, ele me levava ao parque para eu desenhar aquela árvore:

— Aquela que você está vendo agora, porque amanhã outra luz deixará os galhos mais claros ou brilhantes, o verde terá outras nuances e a impressão será diferente, ou talvez se interesse por aquele outro galho que já meio quebrado parece que vai cair, ou verá apenas as sombras e as luzes que se movem entre as folhas.

Tentava ensinar os olhos a verem o que antes não viam e, quando Juan foi embora, eu só queria capturar a vida da árvore, agora movida pelo vento. À noite, eu mostrava os desenhos ao papai e, enquanto colava na parede os que mais gostava, ele os descrevia para a vovó, que os via naquele lugar íntimo onde guardava o que era meu e tentava fazê-la ver a luz que tornava a cor mais intensa, a sombra que borrava um rosto, então compartilhávamos comentários, secretamente, porque ninguém teria conseguido entender o nosso segredo.

Agora, passados os anos, procuro separar cada uma das pontas da estrela daquela época para que as coisas fiquem no seu lugar, se isso for possível, e o que surge primeiro é a pergunta: "como penetrou a alma e por que sua imagem permaneceu intacta ao longo dos anos?" Gostaria de correr para lhe perguntar se as minhas palavras chegam a esse ponto; mas não é preciso tentar, é melhor voltar àqueles dias e, enquanto ando pelo vagão do trem para não me aborrecer, começo a ouvir a sua voz que naquela tarde tinha um tom estranho e triste; então me aproximei lentamente para saber do que conversavam, mas a conversa já estava contemplando o seu fim, talvez tenha sido muito longa, mal consegui ouvir quando ele disse ao papai que me amava com toda a alma, mas que isso não seria justo.

— Ela é muito jovem para ser submetida à incerteza, à espera, por isso vou embora amanhã, só peço que você a apoie para que não desista de pintar, ela tem muito talento e uma sensibilidade que lhe permite ver a realidade com uma nova luz que é só dela.

Não pude ouvir mais, foram as últimas recomendações que ele fez a papai. Acho que se abraçaram, ele agradeceu e me pareceu que a voz de Juan vacilou ou era o meu próprio pranto reprimido; ouvi então a vovó lhe dar a sua bênção e lhe desejar uma boa viagem.

Não entendi muito bem o que ele quis dizer com aquelas poucas palavras que consegui ouvir e que me pareciam desconexas, embora as repetisse por muito tempo, repetisse incansavelmente, até copiei-as num caderno como se fossem palavras cruzadas, para ver se assim faziam sentido, mas foi inútil, e como não sabia de mais nada, guardei-as como se fossem a última lembrança; talvez ele tenha feito meu pai prometer manter o segredo, e, como eu não deveria ter ouvido nada, não queria forçá-lo; teria sido inútil, pois tinha certeza de que ele não quebraria uma promessa por nada; porém, vovó, com as suas antenas mágicas que a guiavam pelo mundo, conseguia ouvir ou talvez adivinhar toda a conversa. Só que ela também não me contou nada.

A única coisa que ficou clara para mim foi que ele partiu, que me deixou sem nem se despedir, que eu não ouviria mais a sua voz me dizendo: "não pinte a maçã como você sabe que ela é, esqueça isso, imagine que é a primeira vez que os seus olhos encontram a sua forma sob aquelas luzes e sombras". E também ficou claro que eu não queria pintar mais, que não me importava com formas ou sombras, e que toda aquela coisa de eu ser capaz de fazê-lo era uma farsa. No meio do pranto e sem querer saber de nada, nem de mim, escondi pincéis e cores, rasguei desenhos e, se papai tocasse no assunto ou me perguntasse alguma coisa, eu me trancava no quarto para chorar; continuei amarga e triste, até que o tempo, de mãos dadas com vovó, removeu a raiva e comecei a entender, e, quando o fiz, senti novamente que o amava com todas as forças dos meus dezessete anos, e passei a lembrar de cada palavra e lhe jurar que nunca pararia de pintar.

A vida lentamente voltou a deslizar tranquila e, como conhecíamos, de uma forma ou de outra, parte daquela longa conversa entre papai e Juan, fingíamos desconhecer o ocorrido, não voltamos a mencioná-lo até que o tempo o levasse embora e papai estivesse certo de que minha voz não tremeria mais ao repetir o seu nome e eu fingiria para que conversassem tranquilamente e talvez um dia eu soubesse de algo; papai falava dele com carinho e ficamos felizes quando lemos na imprensa que o retrato de uma jovem — alguém disse que se parecia comigo — havia ganhado um prêmio em Barcelona, recortei a notícia e não me cansei de olhar a fotografia e me perguntar se seria verdade que, ao menos, ele me retratou como recordação.

Um ano se passou desde que ele bateu à porta naquela tarde e, para não perder o que me ensinou e como forma de ter algo dele comigo, de continuar pintando, como havia pedido ao papai, comecei a estudar arte na universidade; fiz bons amigos lá e aprendi novas técnicas; porém, Juan já havia me ensinado o essencial: que a sombra não é preta, que o azul do céu e o verde da grama na tela são horríveis e que eu deveria fazer da pintura um mundo onde gostaria de viver e povoá-lo com cada um dos traços que saíam de minhas mãos. Foi com as suas palavras que aprendi muitas coisas que não consegui esquecer, até obedeci à última coisa que ele disse ao papai naquela tarde quando saiu e me despedi dele em silêncio, atrás da porta que havia permanecido entreaberta; durante muito tempo não soube por que ele havia partido, porém, com o passar dos anos, comecei a desconfiar de algo, fui juntando fragmentos, recompondo diálogos quebrados, gestos, de repente o movimento da mão dele que não ia até a tela, mas no meio do caminho ficava suspensa no ar, voltava para a tela e começava a me explicar novamente; mensagens que formavam uma rede feita de símbolos que só mais tarde começaram a fazer sentido. É por isso que muitas vezes, no silêncio do ateliê onde trabalhamos até o anoitecer durante dias e dias daquele ano, no meio do desânimo de um esboço que às vezes me parecia inútil ou quando me sentia perdida em um mundo desprovido de sentido, pensando nisso, em que ele tinha motivos que eu nem sabia, mas que seriam válidos já que o obrigaram a se mudar, ele me incentivou mesmo que eu não entendesse muito bem.

A pequena história familiar continuou pacífica até o dia em que a morte de meu pai me deixou arrasada, como se a minha alma estivesse perdida; lembro-me de que, quando regressamos, após deixá-lo no cemitério, senti pela primeira vez uma profunda sensação de orfandade e não soube como continuar vivendo; a casa parecia vazia e durante muitos dias não fui capaz de entrar no seu quarto escuro; não queria profanar um espaço que havia sido só seu, que era como um laboratório mágico de um alquimista, onde o passageiro se transformava numa matéria mais nobre, onde as imagens do mundo faziam sentido, eram livres de impurezas, tornavam-se mais bonitas e começavam uma vida sem fim no mundo inventado por papai. Quando finalmente ousei entrar, fiquei surpresa com a ordem com que ele guardava as centenas de fotografias que tirou durante a vida. Todas foram catalogadas por assunto e por data; mas me interessei pelas da mamãe, as da viagem pelo rio e as que haviam sido tiradas quase secretamente na sua cidade e cuja história me contou naquela noite no barco, enquanto observávamos a tempestade. Vovó queria que eu as descrevesse uma por uma, "para que eu pudesse vê-la novamente naquela época, quando minha filha, sua mãe, ainda estava conosco, tão linda naquele vestido de noiva". O silêncio cobriu o que ainda não havíamos visto e as demais fotografias ficaram bem guardadas, para o caso de um dia podermos exibi-las. Naquela época, eu e a vovó não nos desgrudávamos e não era eu quem cuidava dela, mas ela de mim; quando eu ia me deitar, ela se enrolava no cobertor que estava aos pés da minha cama e começava a me contar histórias até eu fingir que já estava dormindo; então ela arrumava meu cobertor e ia para o seu quarto descansar; acordávamos cedo para fazer café e saíamos, se o dia estivesse bonito, comíamos no jardim e aproveitávamos para ver as duas árvores que o papai havia plantado quando a mamãe faleceu e que estavam carregadas de figos e mamões; retirávamos as folhas secas das plantas e eu dizia de que cor eram as flores que já brotavam; vivíamos tranquilas, quase felizes, até que uma tarde ela me disse que estava cansada e, quando a coloquei na cadeira de balanço, ela não falou mais comigo. Desde então fiquei realmente sozinha.

Mas algo estava à espera de que a trama da história continuasse a se entrelaçar e tecer, para que quando chegasse a hora ele encontrasse o caminho e fechasse o círculo do que havia permanecido como um anel quebrado. Era uma manhã de agosto, fazia sol e o vento levantava tanta poeira que eu mal conseguia abrir os olhos; por isso, pensei, a princípio, que estava cega devido ao cansaço e à luz; porém, o que parecia uma sombra era o seu corpo, era ele e o som não era do vento, era a sua voz; ele me cumprimentou com o seu sorriso habitual e, sem dizer nada, lentamente, como se tivéssemos acabado de percorrer caminhos muito longos, pegou o meu braço e continuamos em silêncio até chegarmos à porta onde ele havia batido pela primeira vez havia tantos anos; o escritório estava quente e a luz do meio-dia iluminava tudo. Ele tirou o casaco e começou a olhar as pinturas, uma por uma, depois percorreu lentamente os esboços que estavam fixados nas paredes e sorriu ao encontrar um dos seus desenhos; era o gato que sempre se espalhava na poltrona e não se movia até terminarmos a aula; chamava-se Chelo, e, enquanto Juan olhava as linhas já borradas do desenho, contei-lhe que uma noite ele saiu para o seu passeio noturno e nunca mais voltou. Juan continuou fazendo a ronda e eu fui preparar o chá, talvez para me dar alguns momentos, para não pensar em nada porque após anos e horas e lágrimas e não saber e esperar e recusar-me a esquecer e rever as horas, fizeram-me derramar o açúcar, e finalmente percebi que ele preferia café. As xícaras batiam umas nas outras com um som alegre que nos fazia rir e começamos a conversar sobre coisas absurdas, daquelas tardes que iam se apagando como a figura do Chelo no papel; as minhas mãos tremiam e eu não conseguia me concentrar nem quando lhe contei a respeito da morte de papai e vovó e as histórias antigas que tentávamos recordar.

Ouvia sem entender muito bem porque a minha atenção se dispersava, ia em busca do que eu nem me atrevia a pronunciar, mas também não conseguia ignorar porque estava na minha frente, como um sinal sobre os meus olhos, e, apesar de haver pouco a dizer, as palavras foram rasgadas em pedaços e, como se fossem farinha, ficaram presas no meio da minha garganta; não consegui moldá-las, ficaram confusas como os tico-ticos quando penetraram meu estúdio por engano e, para tentar sair, bateram as asas, e apesar de a janela estar aberta, não conseguiram encontrá-la. Juan continuou falando, mas me perdi no meio de uma frase e não sabia onde terminava o fio, até que algo, lá do fundo ou de um tempo já distante, saltou com tanta violência que os pardais fugiram com medo. Eram apenas duas palavras, tão pequenas e já tão gastas que cabiam no bolso da camisa ou na minha mão fechada, mas agora, na urgência de uma ligação que nem era minha, saíram trôpegas e chorosas, e quase aos gritos lhe perguntei: "Por quê?". E aquelas palavras, que depois de tanto tempo poderiam ficar sem sentido, agora pesavam como pilhas de pedras e tinham um significado que englobava tudo o que eu era e não só pediam a ele uma resposta, mas à minha própria vida que, naquele momento, era uma cena desordenada onde personagens, fragmentos de histórias que pensei terem sido esquecidas, cruzaram comigo, que caminhava sonâmbula, e novamente ouvi os gritos daquele capitão e a história da mamãe morrendo, e o papai, repetidas vezes, e sua ausência comigo e a vovó se despedindo em silêncio com a minha mão na dela e as vozes confusas e palavras rotas, desprovidas de sentido, se é que alguma vez tiveram algum, enredaram-se com os momentos em que pensei que estava feliz e ao virar a esquina havia apenas lembranças ou máscaras que faziam caretas para mim e me perdi no abandono, me tranquei na pintura e me perguntei desesperadamente se a única realidade era a daqueles rostos que pareciam me questionar na tela.

Quando as palavras se transformaram em apenas um movimento pequeno e repetido dos meus lábios e não eram mais audíveis por serem sussurros, enterrei o meu rosto nas pernas e o envolvi com os braços; tudo ficou imóvel por muito tempo, parecia a preparação de algo que ainda não tinha nome e que também não ousava mencioná-lo, até que senti a sua mão, os seus dedos que brincavam com o meu cabelo e o tempo que voltou a passar, e eu o deixei perambular entre os seus dedos, para que começasse a reparar tantos desejos perdidos desde então, tanta ilusão da saudade da sua mão que às vezes, quando encontrava a minha ao pegar um pincel ou desenhar a direção de uma sombra no ar, retirou-a apressadamente como se tivesse se queimado. Por que ele nunca se perguntou se a minha mão precisava do calor e da ternura dele ou se eu esperava algo além das suas lições? Talvez papai também não tenha parado para pensar nisso, por isso nunca me contou daquela última conversa com Juan; não me contou por que partira daquele jeito, sequer mencionou isso nos anos que se passaram; talvez tivesse certeza de que eu ainda era uma menina e que nenhum afeto, exceto o da família, tinha qualquer efeito em mim, que continuaria pintando porque isso era verdadeiramente meu e que eu era séria demais para me perder em ilusões; então ele também não deu importância, não analisou, não conseguiu entender o que eu sentia, ele que tanto me amava.

Vovó sabia, porque ela imaginava a realidade e, antes que se transformasse, a captava, dava forma e sentido à aparência das coisas que não conseguia ver. Entretanto, também não me disse nada; talvez por medo de que quando falasse comigo aquela árvore que já tinha criado raízes continuasse a crescer e presumiu que se ela ficasse coberta de silêncio e nunca mais a tocássemos, secaria e no final seria levada pelo vento. Mas não foi assim; não ficou abandonada nem foi transformada em ramo seco; pelo contrário, o segredo permitiu-me protegê-lo e, assim, trancado, ficou a salvo do esquecimento.

Enquanto eu tentava adivinhar algo, ouvir o que ele pensava ou o que teria a me dizer e procurava as palavras certas que esperavam as suas, fiquei mais confusa e, como tudo girava em torno da mesma pergunta, a de sempre, aparentemente deteriorada, depois de tantos anos, tentei não pensar em nada, não lembrar; e a sua mão seguia envolvendo o meu cabelo entre os dedos, como se estivesse brincando com algo que flutuava no ar e escapava porque não tinha nome, porque sentíamos medo de olhá-lo. Para me defender do que talvez ouvisse e depois respondesse, fechei os olhos para que tudo, exceto a mão dele, desaparecesse; memórias, desejos, medos e esperanças, tudo se perderia, até o meu espaço, o lugar onde estávamos e que nós tínhamos deixado de ser. Até então havia tentado acreditar que o passado não existia, que havia virado a página e apenas o seu rastro permanecia na memória;

porém, naquele momento, senti que o tempo havia encolhido, que aquelas tardes que eu julgava perdidas estavam diante de mim, novas, como um vestido que acabei de estrear, revividas na sua mão que agora acariciava a minha testa e me fazia levantar o rosto; olhei-o, espantada, porque tudo parecia ter a irrealidade dos sonhos, e não conseguia entender onde estavam os dez anos que agora haviam desaparecido para que se unissem às duas pontas do tempo, que, como as pontas de um pano, aproximaram-se até se tocarem; e assim, aquelas tardes e esta agora pareciam uma só; então não senti mais medo de falar e, sorrindo, como se fosse pedir para me explicar a textura de uma folha, perguntei novamente: "Por quê?"

Do que ele me disse naquela tarde, apenas guardo o que não pode ser esquecido; o que mudou minha vida para sempre: que ele estava de volta e ficaria comigo até o fim; contou-me a doença que havia descoberto pouco antes de me conhecer; depois partiu e viveu aqueles anos entre pintura, hospitais, médicos e tratamentos.

— E quando pensei que tudo estava perdido fui para um lugar muito recôndito entre o mar e as montanhas da Galiza; consegui uma sala onde Joaquín, o marceneiro, me ensinou a esculpir madeira; a sua casa ficava muito perto de um mosteiro beneditino do século XII, lugar que considerei apropriado para morrer em paz; mas não foi assim. Vivíamos isolados, eu trabalhava na horta e aprendi a plantar e a saborear o que eu mesmo havia cultivado; estava fazendo alguns trabalhos de restauração do mosteiro porque haviam encontrado pinturas muito deterioradas em tábuas e telas, e fiquei fascinado ao ver como ao restaurá-las aparecia um anjo que estava escondido sob uma camada de tempo e sujeira; durante o ano que lá passei, aprendi a viver realmente na simplicidade do que a natureza oferta; alimentávamo-nos com os legumes que semeávamos, com os frutos que amadureciam nas árvores, com o pão que os monges faziam, com o vinho da sua adega, com o leite e o queijo que curávamos, com os peixes e mariscos que Joaquín pescava todas as manhãs; de madrugada o coro de monges ou anjos me despertava porque o canto deles era muito lindo! À noite comíamos com os frades no mosteiro e depois da oração fui conversar com Joaquín; ele me ensinou mais do que eu poderia ter aprendido em muitos livros. E, quando o verão voltou, senti que havia chegado a hora; estava mais uma vez cheio de coragem e ânimo e tinha certeza de que estava curado; não sei o porquê, pois lá não havia médicos, mas aconteceu assim, e o prior do mosteiro, um dia, enquanto remendava uns tijolos na ermida, quase como se me desse uma ordem, olhou-me de cima a baixo, apontou-me o primeiro anjo que havia restaurado e afirmou, com a certeza que talvez só os santos tenham, que o mal já havia sido derrotado e, como você já foi tópico de nossas conversas, ele me fez jurar que eu deveria procurar por você. Então me apressei e vim traçar o rastro do meu antigo sonho, embora não soubesse se ainda conseguiria alcançá-lo, porque era tão incerto quanto as minhas lembranças, porque não sabia nada sobre você, porque eu não sabia o que poderia ter acontecido com a sua vida; porém, tive que tentar porque você foi a única coisa que justificou tantos anos de luta; então trilhei o caminho até chegar a esta rua, para ver se ainda havia a porta na qual bati pela primeira vez há tanto tempo e aqui estou. Mas não esqueça que apesar das palavras do monge e das asas do anjo, o mal pode um dia retornar.

Eu o silenciei, para que os espíritos malignos não ouvissem o que ele dizia, mas não consegui encontrar uma única palavra, nem mesmo um gesto para lhe dizer algo; só pude olhar para as suas mãos que me fizeram sentir uma ternura profunda, como se naquelas palmas abertas diante dos meus olhos eu pudesse ler uma longa história que ele viveu sem eu saber e me emocionou ver tanto tempo encerrado nas suas falas; então estendi os braços e, como se fossem as alegrias da sua presença recuperada, entreguei as minhas a Juan.

Não sei se daquele lugar desconhecido onde um dia vamos nos encontrar você avistará um velho trem abandonado e no estribo uma mulher a chorar, revivendo a agonia, e ouve sua voz que foi enfraquecendo até se tornar um murmúrio. Enxugo as lágrimas e sorrio porque agora ouço o seu chamado para lembrar e para podermos estar juntos novamente. E, como no dia de seu regresso, sinto o seu abraço, o seu corpo forte e amoroso junto ao meu.

Naquela época ele falava muito sobre o que havia vivido; recordava aqueles que o acompanharam naqueles anos, mostrava-me os desenhos que fazia em cada lugar aonde o levou a doença; mas ele não a mencionava, caminhava sobre ela como se tivesse medo de pisar em algo muito frágil que, se nomeado, recomeçaria; então balançava a cabeça como se quisesse fugir de algo e voltava ao lugar onde estávamos deitados e ria repetindo:

— Se você soubesse quanto tempo passei imaginando onde você estava, o que estava fazendo e me perguntando se ainda usava aquela longa trança que nunca ousei tocar; e o que mais me assustava era a possibilidade de talvez você ter se casado e tido um filho e então eu teria perdido você para sempre, mas logo descartei essa possibilidade e disse a mim mesmo que não, porque ainda tinha esperança de te ver novamente.

Eu o escutei e pensei, quase com vergonha, que o amor dele tinha sido mais corajoso que o meu, que logo se transformou nas lágrimas que escondi porque não fui capaz de dizer o que estava dilacerando minha alma, porque senti vergonha ou não ousei perguntar ao papai, porque eu fingia tê-lo esquecido enquanto todas as noites pedia a Deus que me informasse algo sobre ele ou que me ajudasse a esquecê-lo, porque mantive aquele amor sem esperança como um raminho seco entre as páginas de um livro. E agora ele queria saber tudo, como se assim pudesse recuperar os anos que perdemos, a vida desde que partiu; em vez disso, ele me procurava por meio do que eu havia pintado, admirava muito lentamente cada pintura, cada esboço, aproximava-se e depois se distanciava:

— Porque o que você tem pintado, cada arte sua me conta a história da sua alma, a que me importa, aquela que não a escondeu; você é a mesma que deixei há dez anos, nada ofuscou o seu sorriso que parece uma resposta ao que eu lhe dizia em segredo.

E, como se quisesse se convencer de que eu estava ali, na frente dele, acariciou o meu rosto para reconhecê-lo e olhou nos meus olhos para ver a minha vida passar naquele tempo sem ele. Talvez por isso ele não quisesse me perguntar nada; beijou a minha testa, sorriu e assim, passo a passo, iniciamos a vida que havia ficado para trás e voltamos a habitar a mesma terra, compartilhando amor, costumes e silêncio.

Às vezes, quando terminávamos o trabalho cedo e a luz da tarde estava agradável, íamos caminhar no parquinho e revivíamos coisas simples ou parávamos num momento que nos desse a chave para a compreensão; mas, outras vezes, talvez quando a lua mudava, começávamos a conversar e em desordem o que acontecia nos outros dias se misturava ao que acontecia no dia seguinte e ao que por um tempo imensurável havia se tornado silêncio.

Uma noite, quando Juan me contava sobre as cidades que conheceu no norte da Espanha, de repente e sem pensar, decidimos nos afastar um pouco; era a esperança de que conseguiríamos distrair a doença para que ela não voltasse; aquela que não ousamos nomear e, para não o fazer, vínhamos tecendo em torno dela uma rede de crenças e fórmulas mágicas que nos davam segurança, e, se isso não bastasse, palavras que tinham o poder de um talismã vinham nos socorrer. Nós simplesmente sabíamos e nunca tentamos esclarecer; bastava uma piscadela, um sorriso, um certo olhar para sabermos que conquistávamos um trecho ao subir a montanha. E, ao descobrirmos o significado oculto das palavras, tivemos certeza de que não era mágica, e sim apenas o sopro da alma que se tornava som. Era uma fé que não podia ser quebrada; além disso, ele era jovem, era forte, e aqueles frades rezariam por ele, pedindo ao bom Deus que a vida não o abandonasse.

E, à medida que ignorávamos as palavras proibidas, o repertório das que eram protetoras cresceu tanto que poderíamos ter formado uma armadura de palavras contra o menor indício de perigo. Mas agora, nesta solidão, qual me serviria para afastar a tristeza? Quantas seriam necessárias para preencher, mesmo que parcialmente, este vazio? Talvez só exista uma, aquela que permite reviver tudo o que existe desde que os homens começaram a procurar um lugar para começar a sua história: relembrar.

Em poucas semanas combinamos a viagem, rapidamente, como se tivéssemos que nos livrar de alguma maldição que, desde os armários ou atrás das portas, tentava nos impedir. E numa manhã luminosa pegamos um avião para Madrid; não sabíamos em quanto tempo, nem tínhamos interesse em saber, chegaria o momento de uma voz ou um sinal... depois teríamos que fazer outra viagem no sentido oposto e atravessar o mar para voltar.

Morávamos em um lugar cheio de luz perto do museu, aonde íamos à noite, quando o tempo estava bom. Ao amanhecer, eu começava o dia com uma espécie de ritual; olhava para ele para ter certeza de que nada havia mudado em seu semblante e lentamente me aproximava dele para sentir a sua respiração e mal tocava o tecido para não o acordar, sentia o calor do lençol que cobria metade do corpo dele, o seu lindo corpo que parecia livre de qualquer mal; beijava os seus olhos e, tomada por alegria, levantava-me para contemplar a manhã; eu abria a janela e, olhando o céu de um azul muito claro, pedia a Deus que não o levasse ainda.

Recém-chegados, conhecemos Vicente numa taberna a que íamos com frequência porque ficava a poucas ruas de onde morávamos. Lembro que estávamos sentados em uma mesinha e não o tínhamos visto, até que o dono do bar se aproximou de nós e disse:

— Aquele homem quer tomar um drinque com vocês.

Levantaram-se, ele e a jovem que o acompanhava, uma sul-africana que andava pelo mundo vendendo os próprios quadros e que nunca mais vimos. Mas agora não sei o que está acontecendo, não há ninguém ao meu redor e, quando tento lembrar do lugar, tudo se perde como se tivesse sido varrido por uma tempestade e tenho que esperar. É a memória que ao seu capricho entoa as linhas ou borra as formas e só volto a ver os seus olhos que do canto da sua mesa nos olhavam sorrindo, esperando que nos levantássemos devagar e fôssemos para onde eles estavam; agora a cena fica clara novamente; então nos sentamos e quando erguemos as taças não me lembro do que dissemos, mas sei que começamos a conversar como velhos amigos e talvez nós três tivéssemos certeza de que aquele encontro não foi uma coincidência, que aconteceu quando necessário para que aquele "acaso" fosse cumprido e desde aquela tarde não nos separamos até aquela noite no aeroporto, quando juramos que nos veríamos novamente — "jurar em vão é pecado", disse a ele, tentando rir em meio às lágrimas.

Ele era um músico importante, mas o seu pai tinha lutado ao lado da República e isso impediu Vicente de cumprir a sua vocação e ele trabalhou escrevendo os comentários que apareciam na contracapa dos discos clássicos. Todas as noites nos encontrávamos para jantar, depois conversávamos até bem depois da meia-noite e, aos poucos, ao ouvir o que Vicente nos contava, íamos juntando os pedaços da sua vida para tentar compreender por meio das suas memórias um pouco de como foram os terríveis anos da guerra, o que ocorreu depois, quando os vencedores infligiram uma crueldade perversa aos vencidos e acabaram com eles, um por um, após a tortura e o horror das prisões; e acompanharam a repressão que silenciou os rebeldes, o horror do exílio, dos campos de concentração onde milhares morreram sem rever a própria terra. Ninguém tinha o direito de falar e ninguém podia esquecer quem exercia o poder; mas a dor ainda estava viva, trancada no silêncio de uma memória que se recusava a esquecer. E aquela taberna, depressa descobrimos, era um local onde se reuniam aqueles que, como Vicente, tinham lutado ou visto os pais lutar e morrer para defender a República, e ali ninguém sentia medo e falavam alto, cantavam e riam, e às vezes também choravam.

Mais tarde, quando estávamos sozinhos, por trás do riso caloroso que iluminava o seu rosto, as lembranças mais íntimas abriram caminho como fios de água subterrânea e naquela noite ele sentiu fome e frio novamente na velha casa, e novamente os bombardeios, e outra vez o esquadrão que levou o seu pai; ele ficou em silêncio por muito tempo, mas já não conseguia se conter e começou a nos contar coisas que nunca havia ousado dizer; e assim se permitiu sair do confinamento que o atormentava, começou a reviver a noite em que um homem que vivia escondido entre as ruínas de uma casa meio destruída e transmitia mensagens orientou-os a irem se despedir porque no dia seguinte assassinariam o seu pai, como faziam todas as madrugadas com outros e porque a barbárie e o ódio eram infinitos e a ordem era que os derrotados fossem aniquilados.

— A minha mãe tinha fé que um dia tudo acabaria, ela não havia perdido a esperança de que ele fosse libertado, até que, de repente, o aviso derrubou qualquer ilusão e ela precisou aceitar que havia chegado a hora dele também. Ela embrulhou um pedaço de tortilha em um pano limpo e fomos procurá-lo naquele lugar escuro que antes era a escola e há muito tempo era uma prisão, um lugar de tortura. Fomos em silêncio porque nos lembrávamos da forma brutal como o tinham arrastado para fora de casa, porque sabíamos que o espancavam violentamente, porque todas as madrugadas ouvíamos os tiros e depois, como um murmúrio, os nomes dos fuzilados passavam de boca em boca. E porque seria a última despedida.

"Ainda não havia amanhecido quando deslizamos como mais duas sombras entre as sombras que esperavam; quando o vi, agarrei-me, chorando, ao seu corpo que quase conseguia abraçar, ao seu casaco gasto e sujo, enquanto ele apenas me dizia, com a voz embargada, que ia morrer pela República; mamãe chorava silenciosamente e cobria o rosto com o lenço preto com que sempre cobria a cabeça; ele a abraçou e disse para termos coragem e para eu cuidar dela porque agora ficaríamos sozinhos, ele me olhou com os seus olhos escuros, talvez umedecidos pela proximidade do que estava por vir, e em cada palavra havia um apelo para que eu não quebrasse a promessa; naquele momento jurei cumpri-la quase em silêncio porque estava me afogando e não conseguia mais falar; minhas mãos o seguraram com tanta força que quando o soltaram eu rasguei um bolso do paletó, era a única coisa que me restava do meu pai; e aquelas mãos ásperas e fortes que cultivavam a terra e empunhavam uma espingarda, agora deformadas pelos golpes, quando separadas das nossas continuaram a alongar-se até não poderem mais tocar as mãos da minha mãe, que afundou para sempre, como mais uma sombra, na sombra daquela masmorra.

"Então corremos, corremos sem rumo, rasgando a escuridão daquela noite e a madrugada ainda mais escura porque sabíamos que isso acabaria com a sua vida e com o medo atroz que sempre nos acompanharia; a anágua da mamãe se emaranhou nos espinhos dos arbustos e quando ela não aguentou mais nos escondemos ou talvez ela tenha caído em algum arbusto para não ouvir os tiros, para não saber da sua morte ou esperar que nos matassem também; bem pela manhã carreguei-a e voltamos para casa, mas desde aquele dia ela quase não voltou a falar; só nos restava a dor e a fome, mas tínhamos que continuar vivendo, ganhando forças para enfrentar as necessidades mais urgentes; e as viúvas dos executados não receberam nenhuma ajuda e nem sequer foram autorizadas a conseguir um emprego decente; assim, mal vivíamos com o que ela ganhava lavando roupa e comigo fazendo entregas e com a ajuda das pessoas boas que haviam permanecido na cidade; o que sabíamos da Formiguinha e do tio é que haviam ido embora na tentativa de chegar à fronteira, porque iam matá-lo; mas mamãe, que a cada dia ficava mais frágil e pequena, esgotava-se como um castiçal, e um dia também me deixou naquele mundo hostil sob uma autoridade que perseguia impiedosamente os filhos daqueles que já não estavam lá, dos que eram apenas sombras da coragem e da derrota. Depois, a cidade, as pastagens, tudo ficou coberto de pobreza, silêncio, lágrimas escondidas, medo e culpa, talvez por não ter morrido com eles, e o mais terrível é que continuamos vivendo, por anos, com aquele remorso inexplicável, até que o tempo abrandou um pouco o rancor. Quando fiquei órfão, o senhor Lavalle, o professor que antes da guerra dirigia a orquestra da província, me levou para morar na sua casa, mas depois, como também não tinha permissão para trabalhar, deu aulas para nós, as crianças da cidade, e, à noite, me ensinava a ler as partituras que conseguiu esconder quando a sua casa foi saqueada e me ensinou a tocar no piano velho que ficou lá porque não conseguiram carregar.

Apenas restou silêncio. Não podíamos conversar, o rosto de Vicente estava sereno, mas o choro parecia vir de dentro, como se ele tivesse chorado, e nós, onde encontraríamos palavras que se aproximassem do seu desgosto sem perder a dor daquelas lembranças? Como ousaríamos, se apenas tínhamos conhecimento de uma história, a dor e orfandade daquela criança que a partir de então teve que se tornar um homem?

Jantávamos juntos diariamente, às vezes na casa dele, onde morava com o tio Braulio e Formiguinha, sua mulher; eram velhinhos encantadores que nos esperavam todas as noites com uma bandeja contendo uma tortilha ainda quente coberta por um guardanapo branquinho e uma garrafa de vinho; depois de brindar por nós, e o tio pela memória dos combatentes do seu regimento, começou a nos contar como havia sido a Batalha do Ebro, já que fazia parte de uma das divisões do V Corpo do Exército comandado por Líster e foi um dos que cruzaram o rio em barcos na noite daquele 25 de julho; quando Vicente lhe disse que já havia contado, ele insistiu que havia esquecido algo importante e recomeçou com tantos detalhes que já éramos amigos de quem estava no barco com ele e ouvimos os bombardeios de aviões estrangeiros na ponte. Depois, a Formiguinha, muito docemente, lembrou-lhe aquela parte da batalha e para o final ser feliz, o Vicente abria o piano e cantávamos todos bem alto, como se também tivéssemos algo que nos obrigasse a resistir.

O exército do Ebro
rumbala rumbala rumbalá
O exército do Ebro
rumbala rumbala rumbalá
na outra noite atravessou o rio
Ai, Carmela, ai, Carmela!
mas nada podem bombardear
rumbala rumbala rumbalá
onde há coração de sobra
Ai, Carmela, ai, Carmela!

Brindamos novamente e o tio ficou em silêncio ao se ver atravessando pelo meio da corrente naquela noite e pôs tudo em ordem para nos perguntar, no dia seguinte, se já havia nos explicado como foi a Batalha do Ebro, mas logo adormeceu no ombro da Formiguinha, e Vicente voltou ao piano para tocar habaneras.

Como queríamos desesperadamente parar e ao mesmo tempo preencher o tempo, não deixar nenhum momento vazio, assim que tivemos oportunidade partimos em viagem; queríamos ver tudo e guardar, para depois recordarmos cada povoado e o caminho que havia nos levado até ali e que percorríamos muitas vezes, cada lugar onde encontrávamos algo bonito ou alguém como aquele velho pastor chamado Ángel, que nos contou sobre a guerra enquanto arrancava pedacinhos de pão e tomava vinho; mais tarde, esses seres e lugares que agora são memórias se tornaram verdadeiramente nossos e nos permitiram continuar com eles quando já não o podíamos; porém, ainda tínhamos licença para sermos felizes, para que desaparecesse a angústia que às vezes me atormentava no meio da noite ou simplesmente quando olhava para ele; depois tive que inventar uma mentira para me trancar e chorar escondida; e quando Juan me chamou, quase não acreditei, ele estava feliz, me beijava e ria, e quando o vi contente feito uma criança, me perguntava, eu sempre me perguntei, mas nunca encontrei uma explicação ou resposta: ele nutria um medo tão profundo quanto o que às vezes escurecia a minha alma? E como o escondia? Ou talvez, naquela viagem, o toque dos sinos que convidavam à reminiscência, ou a fragilidade das asas de um inseto preso numa folha, ou o anjo que vinha aparecendo naquela tela, lhe permitissem compreender o significado da sua morte e, ao olhar para esse limite, valorizar o significado que tinha cada dia de sua vida? Eu nunca soube, mas isso não importa mais.

Só uma vez se quebrou o jarro, talvez já transbordando, e uma tarde, enquanto olhávamos o Guadarrama, que, como os grandes rios, parecia deslizar lentamente, ele se aproximou de mim para me pedir com um olhar muito profundo e depois, numa voz muito baixa, que, conforme o fim se aproximasse, talvez longo e doloroso, que não o deixasse cair.

— Se eu desmaiar nesse momento — disse ele, — não terei conseguido nada.

E com o rosto escondido no meu peito, senti-o chorar. Do que lhe respondi, do silêncio que se seguiu, cheio de palavras que ouvimos, mas que não tinham som nem podiam ser decifradas, porque a chave era um segredo que atiramos ao rio naquela tarde, nunca voltamos a falar em outras ocasiões, e quando ele morreu espalhei a tristeza, não queria lembrar aquele último momento difícil, até que a voz da Formiguinha me disse que a morte abria o caminho do passado, o único que não muda e ao qual podemos recorrer sem medo porque ali o golpe da dor já se tornou uma lembrança amorosa.

O tempo enlouquece e sinto dificuldade em entender a lógica da memória, mas pareço ver fragmentos de pequenas luzes, como naqueles filmes muito antigos quando anunciavam que a próxima cena pertencia ao passado ou era um sonho. Ouvi uma batida na porta; era o carteiro que me entregou um envelope sem remetente; quando terminei de ler, apavorada, apertei a carta e novamente senti dor; muitos anos se passaram desde aquela tarde em que nos conhecemos e agora eu não conseguia acreditar que ele tinha ido embora — por que me deixaram sozinha? Assim como Juan, ele também quebrou o juramento de voltarmos a ser os três, de me ver novamente, como repetia para mim todas as vezes. E a dor me invadiu, uma tristeza profunda sem saída e um choro que eu não conseguia cessar. A Formiguinha foi quem escreveu a carta, com a letra regular, mas já um pouco trêmula, e deve ter sido difícil para ela porque dessa vez não foi para compartilhar comigo aqueles segredinhos que me faziam rir, mas a sua dor, a sua solidão e o que ela sabia que a notícia faria comigo; podia imaginá-la quase curvada diante da mesa da sala de jantar, desenhando cada letra, cada palavra para ser mais exata, explicando-me sem rodeios, tal como se diz coisas mais sérias:

"Sem que nada de extraordinário tenha acontecido, ele perdeu a consciência por alguns dias e finalmente, sem me dizer nada, foi embora; me consola saber que ele não sofreu e que naquelas vésperas talvez estivesse se preparando para a viagem e tenho certeza de que também estava pensando em você, porque um pouco antes de perder a consciência ele organizou uma mala que eu deveria enviar para você 'se algo acontecer comigo'; um envelope com o dinheiro do frete e o seu endereço para que eu pudesse garantir que tudo chegaria logo; como você verá, ele também sabia ouvir e obedecer aos presságios. Não se preocupe comigo, uma prima distante, mas que amamos muito, veio me acompanhar, ela cuida de mim com dedicação e tenta me agradar nas pequenas coisas que subitamente me ocorrem e que têm a ver com aquela época linda em que você morou aqui; um biscoito de figo, ou talvez algumas uvas; ela quer ficar e eu aceitei; talvez seja por pouco tempo porque já estou cansada de viver e quero encontrar-me com Braulio, meu velho que não soube me esperar; é que andar tanto tempo por aqui acaba ficando cansativo e faz doer os pés e é como se Deus estivesse me sinalizando para me preparar; você sabe que isso existe e sempre caminhei guiada por aqueles sinais que me dizem o que vai acontecer e o caminho que devo seguir; vou lhe escrever, mas esta, que pode ser a minha última carta, irá na mala do Vicente; se depois eu ficar em silêncio, coloque o seu ouvido em outra dimensão e então você poderá ouvir o que eu lhe digo, o que não pude lhe dizer quando estávamos juntas, o que eu sabia, ou melhor, adivinhei sobre como Vicente amava você; também pode ouvi-lo se o seu coração quiser, como suponho

que você ouve Juan e se não, a culpa é sua por não ter aceitado a sua morte. Você diz que a hora chegará em breve... Bem, minha querida, vou descobrir quando isso acontecer. Até receber notícias suas, abençoo você com a minha alma."

Foi a última vez que tive notícias dela; mais tarde, embora eu lhe tenha escrito várias cartas, não obtive resposta. E naquele momento o que me veio à memória foi como uma luz feita de milhares de fragmentos de estrelas mortas, que agora brilhavam novamente; os anos, os dias que ali se encerraram, regressaram como um ontem vivido recentemente que se espalha com calma e não acaba. Mas, ao saber da sua morte, senti como se de uma só vez aquele lindo tempo com ele e Juan tivesse sido tirado de mim. Ele era o melhor dos nossos amigos e também partiu antes que o seu tempo acabasse; mas podemos adivinhar qual é a medida do nosso próprio fim? Ele morreu quando eu ainda tinha a vaga esperança de voltar a Madrid, pelo menos para passar férias, talvez alguns meses; mas nunca mais voltei. E, como foi uma notícia tardia, a morte dele sempre me pareceu mentira, como tantas coisas que quando imaginadas se confundem e parece que as inventamos; agora a única certeza é que na madrugada de ontem olhei para trás e peguei um trem que me trouxe até este lugar onde começam todos os caminhos que a memória possibilita, porque quero ver de novo como voam as pétalas daquelas flores brancas tão frágeis que já não crescem por aqui.

E agora estou sozinha, mas é mais doce lembrar assim; era Madrid e estávamos muito felizes! Decidimos viajar para Galiza, a região encantada que agora não sei se só existe na minha memória ou na saudade que a sonha e a inventa novamente. Juan precisava voltar àquele lugar onde havia cultivado um jardim e onde os anjos o esperavam. Íamos devagar no velho carro de Vicente; estava escurecendo e enquanto eles conversavam eu esperava aquela primeira vez e repeti silenciosamente:

Verás a maravilha do caminho,
caminho do sonho de Compostela
— oh, montanha lilás e saborosa! —, peregrino,
em uma planície, entre álamos vela.

E como se a voz de Machado nos guiasse, ele terminou o soneto quando chegamos à cidade:

Deves entrar quando na tarde fria
brilha uma varanda na praça deserta.

No silêncio do meu quarto, às vezes ouço o toque profundo dos sinos da catedral que ressoam sobre a praça e lembro que chorei quando coloquei a mão na marca já gravada na pedra que milhares e milhares de outras mãos deixaram; então algo inexplicável me dominou; foi o peso do tempo, dos séculos, das sombras daqueles peregrinos que no final do caminho, quase vencidos pelo cansaço, reclinavam o cajado para pousar a mão aos pés do santo.

No dia seguinte, ao passar por uma rua cujo nome já esqueci, num local onde a luz não incide diretamente, sob alguns arcos da igreja de Salomé, encontramos a escultura; não sei quem esculpiu aquela Virgem grávida, mas é a mais bela, apesar da pedra enegrecida; carregada de tempo e talvez também de esquecimento, é a mais humana na sua quietude e silêncio; talvez não tenha chegado à igreja ou a caminhada tenha sido tão longa que ela ficou lá para descansar. Parei para perguntar a ela, não sabia bem o que, nem como explicar, mas implorei que prolongasse um pouco mais o tempo que haviam dado a Juan, porque, no final das contas, o que é para o céu conceder um favor tão pequeno, alguns anos, que, na eternidade, nem os santos contam? Despedi-me da Virgem e em poucos dias saímos da cidade, mas antes de iniciar o regresso visitamos o mosteiro onde Juan talvez tivesse encontrado a cura para a sua doença; falamos com os amigos monges que o acompanhavam e o ajudavam a viver e a curar a sua alma, que estava mais doente, e depois fomos ver as colheitas; quando chegamos à floresta ele avançou, talvez para falar com a árvore, como ele nos disse:

— Ela também me revelou algo que eu não conseguia traduzir em palavras antes e nem agora; ela era a minha confidente, não sei quantas vezes passei horas encostado nesse tronco e um dia, acho que esse é o milagre, senti como se ela tivesse curado minha alma.

Vicente e eu paramos, ele se aproximou do castanheiro para lhe acariciar a casca, para o beijar e o vimos chorar ao encostar a testa naquele tronco imenso e áspero, onde parecia estar guardada a parte mais dolorosa e mais surpreendente da sua história, ou o melhor de qualquer homem na terra. Senti-me esmagada pelo silêncio, nem a brisa parecia tocá-lo e chorei, porque algo superior falava com a minha alma; talvez assim fosse o silêncio antes de Deus dar vida ao que existe, e, então, subitamente, a voz de um sino, o do mosteiro, respondeu ao silêncio.

O regresso se prolongou cada vez mais porque havia sempre algo capaz de nos surpreender; paramos para olhar de longe uma pequena e solitária ermida na montanha, que parecia não ter nem caminho para chegar lá; ver de perto os cruzeiros que há séculos são erguidos à beira das estradas para dar ânimo aos peregrinos e evitar que as bruxas ou a Santa Companha ou qualquer um dos seres que povoam esse mundo mítico do qual estávamos saindo e para onde nunca poderíamos voltar.

A Formiguinha nos recebeu na casa do Vicente; quando a abracei, pareceu-me que ela havia encolhido, talvez estivesse mais frágil; ela levantou o rosto e, mais do que com palavras, com os seus olhos azuis que pareciam ter chorado, apenas nos disse:

— Braulio se foi; faz uma semana; eu estava servindo café para ele quando senti uma pancada e corri, talvez porque senti algo ruim e era, ele estava inclinado sobre a mesinha onde lia o jornal e nem conseguiu me chamar para dizer adeus; depois de tantos anos e de tantas dificuldades que passamos juntos, ele não me deixou acompanhá-lo na última etapa.

E, com os braços quase sem força, como os ramos de uma velha árvore, tentou abraçar o corpo alto e forte de Vicente, mas havia tanta dignidade na sua dor que qualquer palavra teria sido uma sombra sobre a clareza do seu pesar. Mais tarde, quando a morte começou a assumir a forma de ausência na cadeira onde ele se sentava, nos sapatos velhos que tinham o formato dos seus pés, na voz que se espera e já não vem, íamos todas as noites acompanhá-la, ajudar Vicente a distraí-la e aos poucos ela parecia feliz novamente; lembrava-se dele a cada momento e às vezes ria conosco das anedotas engraçadas que nos contava e logo parecia voltar ao seu jeito habitual; talvez na velhice se olhe para a morte com uma sabedoria serena que cresce com o passar dos anos.

Pouco depois começamos a viajar novamente e continuamos viajando por meses e meses em rodovias e estradas, em trens e em navios, e só precisávamos voar; acho que estávamos convencidos de que, se parássemos, contemplaríamos o início do fim; era um sentimento talvez mágico, mas isso não o tornava menos válido e, embora nunca o tenhamos mencionado, tínhamos a certeza de que partilhávamos esse segredinho. Acreditávamos atravessar o tempo, cruzá-lo com estacas, com cercas de pedra para evitar que saísse daqueles lugares em que a cor da pedra de uma parede, o fluxo da água ou a saudação de uma criança nos faziam pensar que naquele lugar gostaríamos de ficar para sempre. Mais tarde, quando saíamos, nos sentávamos em qualquer lugar para revisar os mapas e marcar com pontos vermelhos cada local onde algo bonito havia acontecido, para rir de coisas estúpidas, como aquela vez em que Juan arrancou algumas folhas de acanto para me mostrar porque eu só as conhecia pelos livros. Bem mais tarde, junto ao seu leito, perguntei-me: "por que o tempo não parou, por que não o amarramos aos braços de um cruzeiro ou o envolvemos em folhas de acanto?"

Até que, numa tarde, algo aconteceu, muito sutil, mas não consegui não ver em seus olhos e tivemos que parar; foi uma dor desconhecida, uma perda momentânea de consciência que poderíamos ter confundido com cansaço, mas Juan estava lúcido demais para se enganar e, naquela tarde, em Gerona, numa ruazinha sem saída, apoiou-se pesadamente em meu braço e em mim. Ele disse que precisávamos voltar; voltar para onde? No início, não sabia se era para o hotel ou para Madrid ou para onde definitivamente não queríamos ir.

Vicente nos esperava com milhares de planos para o próximo verão, mas quando olhou para mim entendeu que deveríamos esperar a decisão de Juan e discutir isso mais tarde. Não voltamos a falar sobre o assunto e saímos novamente para visitar as cidades próximas, para não esquecer; porém, as viagens tinham agora algo diferente que era impossível esconder, e embora ríssemos, tomássemos vinho e a conversa fosse inesgotável, tudo parecia ter uma espécie de ar de despedida ou talvez fosse algo pior: o medo que se insinuou sem que percebêssemos e que mal conseguimos descobrir no momento de silêncio que existia entre uma pergunta e a resposta, no tremor imperceptível com que uma palavra era mencionada e naquela espécie de vergonha interior por ter falado. Mas nós três fingimos que nada havia mudado e que os dias continuariam numa festa que não ia acabar. Enquanto isso, o medo estava presente, e só tínhamos as mãos para sustentá-lo, mãos acostumadas a carregar coisas, mas fracas para suportar a tristeza. Até que chegou a hora de liberar o que estávamos escondendo; no meio de uma conversa e como se fosse algo trivial, Juan disse isso; foram apenas quatro ou cinco palavras, mas quando as ouvi pude sentir a magia que sempre tiveram para nós e naquele momento fizeram desaparecer todo o medo. A partir daí pudemos falar sem reservas e ao fazê-lo começou a ser mais fácil tomar decisões, deixar de lado os projetos e, sem vergonha, apagar do mapa os caminhos que tínhamos traçado para um amanhã surpreendente, para ver a neve nas montanhas novamente ou o outono no sul; até que só restou um caminho, o do retorno.

Mas ainda surgiram coisas inesperadas que o atrasaram e a despedida demorou tanto que até a esquecemos, mas isso já não importava porque tínhamos tomado a decisão e falamos abertamente sobre o que estava por trás disso. De manhã ele saía com Vicente e os dois passavam muitas horas conversando, enquanto eu passeava com a Formiguinha; sentávamos no roseiral e eu lhe contava sobre a minha infância sem mamãe, mas com a vovó que eu tanto amava e depois, inevitavelmente, sobre o meu medo, porque precisava compartilhar com alguém, chorar e me desesperar, e me pergunto por quê; quase sempre estava feliz e serena, e a aparência de calma foi se tornando algo meu, mesmo que eu não fosse assim; então, naquelas manhãs busquei a compreensão da Formiguinha, que apesar dos anos permanecia lúcida e atenta ao que acontecia ao seu redor; então quando comecei a conversar com ela das minhas preocupações, sempre atenta ao sono de Juan, ao menor barulho que o seu peito fazia ao respirar, ela já sabia, e, com as mãos ainda lindas apesar da mancha dos anos, apertou as minhas com os dedos longos e finos e me disse que a morte viria quando fosse oportuno e que, além disso, não era o fim porque tudo volta à vida.

— Você nunca ouviu a voz da sua avó que te explica o que você não entende, ou sentiu a mão do seu pai que acompanha sempre você? Não se surpreendeu com o toque das asas do anjo que se faz sentir quando venta muito ou quando você sente que duvida que ele esteja ao seu lado? Ou você só acredita na presença daquilo que seus olhos podem ver? Quando se for, Juan estará sempre ao seu lado, mas você só poderá ouvi-lo e sentir a sua proximidade se tiver fé que existe outra realidade e que, com a varinha mágica que move a memória, ele estará ao seu lado novamente; caso contrário, você realmente estará sozinha e não poderá culpar a morte, mas sim a sua incapacidade de sentir a presença dele em cada objeto que as suas mãos tocarem, em cada palavra que retorne, na doçura da primeira vez que você se entregou a ele. E nunca se esqueça: a única coisa que nos permite sentir a proximidade de quem se foi é a aceitação da sua morte; só então se abre o caminho para lembrar com calma o que vivemos.

Não respondi nada, pois as suas palavras haviam chegado a um lugar íntimo e doloroso em minha alma e só pude lhe dizer que sim, que fecharia os olhos todas as noites para ouvir a sua voz e que, quando a morte de Juan acabasse, eu teria forças para lembrar e continuar convivendo com a ausência. Ela se apoiou no meu braço e fomos passear porque a tarde estava clara; quando ela se cansou, levei-a para casa e fui rapidamente procurar Juan; queria lhe dizer, sem nenhum indício de mentira e talvez pela primeira vez, que eu também não tinha medo.

Vicente o convenceu a fazer um novo tratamento, então ficamos mais dois anos em Madrid; e como parecia que a sua morte só ocorreria no seu regresso, fomos adiando, e ele aproveitou esse tempo para pintar; e o fazia do amanhecer até enquanto houvesse luz; o processo era lento, mas ele não tinha pressa em terminar; contudo, nunca trabalhou tanto; depois organizamos uma exposição; os quadros eram muito bonitos, ele os vendeu na noite da inauguração e enquanto estavam expostos eu ia vê-los todos os dias; queria desvendar algo inexplicável que estava escondido além das formas, da cor; entender o que havia mudado na visão que ele tinha agora; era como se as imagens vivessem num lugar distante e ele as visse de uma distância que desconhecemos; havia algo incompreensível, mas íntimo e profundamente próximo da alma; de cada tela emergia outra realidade, mais firme, aninhada num lugar escondido ou talvez numa época muito antiga; eram seres que pareciam ter a evanescência dos sonhos e, ao mesmo tempo pisar na terra com a sua estranha e indubitável materialidade. A pintura que escolhi era um retrato meu; era eu, mas como se me visse à distância e os contornos do meu corpo se fundissem com o ar, como se em vez de olhar para mim ele apenas me recordasse.

Fomos celebrar, creio, sobretudo, a alegria de Juan; e agora, ao procurá-la na memória, a noite volta, prolonga-se e não termina; lá está ele rodeado de pessoas que lhe perguntam, porque queriam saber de que mundo desconhecido vieram aquelas imagens, como deveriam ser olhadas antes de desaparecerem, embora estivessem muito vivas, como se observassem da tela a irrealidade das pessoas que as olhavam. A partir desse dia ele continuou com a pintura e ficamos tranquilos, como se tivéssemos fugido do tempo; no meio da manhã, Formiguinha chegava com uma tortilha ainda quentinha para o desjejum e ficava conversando comigo na esplanada; eu gostava de ouvi-la e queria que ela me falasse de sua vida e de Braulio e um dia perguntei por que a chamavam de Formiguinha.

— Foi no final daquela marcha interminável rumo ao exílio, quando, após caminhar por aquelas estradas cobertas de neve e lama, no meio de uma fila silenciosa de refugiados, doentes, idosos e mulheres com crianças, conseguimos finalmente atravessar a fronteira e chegar, mas é por assim dizer, porque não chegamos a lugar nenhum, antes nos jogaram em uns campos onde mal nos protegíamos do frio sob paliçadas feitas com varas de cana e trapos; e lá, desde o amanhecer, eu ia me agitar como uma formiguinha, procurando alguma comida, roupas velhas que nos davam na cidade, qualquer coisa, para não morrermos de fome e frio. Foi então que aqueles que compartilharam conosco aquele momento terrível me batizaram assim.

As suas lembranças, que apesar dos anos eram tão vivas, ficaram gravadas no fundo da minha consciência, me comoveram como se eu mesma tivesse vivido a guerra e, quando pensei que nunca seria possível compreender aquele sofrimento imensurável porque eu não havia vivido isso em primeira mão, me perguntei se, com a morte daqueles que viveram, toda essa dor e valor cairiam no esquecimento com o tempo. Mas não, não poderia ser, e ouvi imediatamente a resposta: a arte, só a arte pode salvar o homem do esquecimento; e então aquelas figuras que pareciam caminhar desesperadamente pelo caminho da morte ou em direção a ela reapareceram na memória. E lembrei-me do olhar daquela criança evocada por Vicente e do exílio que Braulio e Formiguinha lembravam e me perguntei se tudo estaria perdido quando eles partissem como aqueles que ficaram naquele caminho de desesperança; mas não foi assim, porque, através da palavra, sua memória, o perfil da sua luta e da sua morte se transformariam no mais belo testemunho; então, lembrando o poema:

Porque não éramos muitos, é verdade,
no campo sem cruzes onde alguns espanhóis
dormem seu sono separados,
confiados apenas à esperança humana,
à memória das gerações,
mas algo nos unia a todos.
Algo vivo e humilde depois de tantos anos,
como aquelas correntes de cravos vermelhos
deixadas pelo povo

Senti-me um pouco mais próxima da dor de Vicente quando criança com as suas mãozinhas, e da mãe no mato; Braulio atravessando o Ebro e Formiguinha a caminho do exílio, e esses que nunca vi porque se perderam há muito tempo. Acabou; contudo, não há esquecimento.

Os dias passaram como uma dádiva daquela primavera que parecia nos dar uma pausa até o fim do tempo. E mais uma vez chegou um verão esplendoroso; mas tivemos que partir porque Juan estava debilitado pelo calor; não havia mais nada a não ser voltar. Em poucos dias guardamos parte do que eu havia pintado, muitos desenhos ficaram para Vicente e enchemos as malas com os livros e as coisas que vínhamos ganhando, como se cada um fosse um amuleto para afastar o esquecimento.

O voo saiu à meia-noite e, entre a agitação das pessoas correndo, indo e vindo, os alto-falantes, os papéis que tínhamos que preencher, nos despedimos muitas vezes porque o choro mal me deixava gaguejar que os amava, apenas olhei para eles na intenção de salvar aqueles rostos queridos na memória; quando as mãos se retiraram, nos despedimos, mas juramos voltar.

A Formiguinha costumava me dizer: "Ele sempre volta, o sol não faz isso todo amanhecer e nos enche de luz desde que Deus ordenou que houvesse luzes no céu?" Porém, naquele momento, embora sorríssemos e disséssemos "sim", eles e nós tínhamos certeza de que nunca mais nos veríamos; a Formiguinha, minha amiga, aquela que me acompanhava todos os dias e guardava os meus segredos, já estava velha, e Vicente nunca sairia da sua terra, apesar do amor que nutria por nós; antes de nos despedirmos, ele me deu uma fita onde havia gravado aquela música do exército do Ebro e das habaneras de que eu tanto gostava:

— Você reconhecerá meu piano e as nossas vozes, certo?

E para onde estávamos indo? Juan estava indo de encontro à morte, e eu? Eu não ia a lugar nenhum e também não conseguia pensar; eu nem entendia o que falavam comigo e as lágrimas distorciam a realidade que parecia oscilar no fundo de um lago. Para onde essa viagem estava nos levando? Em algum momento eu até desejei que o avião explodisse, para que ambos ficássemos livres da agonia; mas logo começamos a conversar e aquela ideia maligna que se apoderou de mim como o aperto de um pesadelo desapareceu. Quando Juan adormeceu comecei a lembrar pequenas coisas para apagar aquelas imagens que talvez me tivessem ocorrido para que mais tarde o que a realidade nos reservava parecesse benigno. Voltei a percorrer os caminhos e enquanto estava meio adormecida os rostos se confundiram e pareciam seres estranhos com quem andei por outros caminhos desconhecidos; mas não, eram iguais e acordei para sonhar novamente.

Depois de muitas horas amanheceu e a luz me pareceu um milagre, como disse a Formiguinha. Ainda estávamos sobre o mar e horas depois o avião pousou. Estávamos sozinhos, fazia frio, Vicente já estava muito longe e não podia nos ajudar. Foi lindo e ao mesmo tempo muito triste chegar a casa; Dona Delina cuidava dela como se fosse sua e preparava uma comida cujo sabor nos lembrava a infância e nos deixava felizes. Estávamos de novo em casa e Juan não parava de falar, de fazer projetos, e eu não entendia se todas aquelas ilusões apareciam nele para se defender da doença, agora que havíamos voltado, ou se talvez fosse a imaginação febril de um doente que inventa e vive esses devaneios, porque sim, só pelo prazer de inventar. Mas em qualquer caso era necessário levar a sério alguns dos seus projetos, caso contrário afundaríamos, o fim chegaria mais rápido e teria um caráter de derrota e ele precisava, agora mais do que nunca, da coragem e da dignidade com que assumiu a vida.

Desde que chegamos, recebemos cartas de Vicente quase diariamente; abrir a porta ao carteiro era como se entrasse parte daquela presença tão querida e tão distante; demoramos para iniciar o ritual de leitura da carta e agora, tranquilos, sentamos perto da janela e entre goles de café saboreamos a alegria de suas palavras que também carregavam muita nostalgia; a carta quase sempre vinha com um belo final; a doçura e a alegria das palavras da Formiguinha; ela nos contou coisas boas que, segundo ela, aconteceram, mas sempre acreditamos que ela as inventava para nos entreter; descrevia a chegada do outono, que era a sua estação mais querida: "talvez pela intensidade das cores que logo desaparecerão por um tempo, mas lembre que em breve elas renascerão outra vez quando as árvores ficarem verdes e os primeiros botões brotarem." E falava do amor que Braulio nutria por nós e lembrou, para nos fazer rir, aquelas palavras: "o que mais me incomoda é que não contei não sei o que sobre a batalha do Ebro."

Quando Vicente soube que planejávamos morar no campo, ficou feliz, nos incentivou e jurou outra vez, falsamente, que viria agora, quando o trabalho fosse concluído. Então decidimos ir para um lugar onde ficaríamos tranquilos; alugamos uma casa rodeada de árvores e com uma horta onde se cultivavam algumas hortaliças; seria benéfico para ambos estarmos perto da natureza e mais uma vez embarcarmos numa nova aventura; começávamos o dia cedo e saíamos carregados com o cavalete e a caixa de pintura; Juan se sentava diante de uma enorme acácia e, como me ensinou havia muitos anos, procurava a cor das folhas com o primeiro sol da manhã. Estávamos felizes e ríamos porque imaginávamos que era uma armadilha que preparávamos para a vida que não nos descobriria naquele lugar remoto onde só Lucía nos encontrava, uma adolescente que apareceu uma tarde enquanto Juan desenhava e eu lia em voz alta; ela havia saído da estrada e estava nos olhando havia muito tempo; talvez não ousasse se aproximar até que lhe fiz sinal para vir olhar as figuras que Juan pintava. A partir daí ela voltou todas as tardes e logo começou a nos contar, aos poucos, como se fossem histórias de outras pessoas, com palavras que às vezes pareciam ir embora com o vento, coisinhas que talvez não tivesse contado a ninguém; ela nos contou que estava prestes a completar dezesseis anos e falava de maneira muito engraçada sobre o que os seus tios faziam, mas não sabíamos se estava inventando porque misturava as histórias com outras histórias de fantasmas ou das coisas divertidas que as pessoas por ali fizeram; então o bolo que eu carregava ficou maior; nós três comemos e ela nos trouxe cerejas das árvores presentes ao longo do caminho. Certa vez, Juan lhe perguntou: "Você me deixaria pintar seu retrato? Dessa forma você ficaria conosco para sempre." Ela não respondeu nada, mas riu, semicerrou os olhos muito negros e cobriu o rosto queimado de sol, e embora a princípio não entendesse muito bem o que Juan lhe dizia, a sua surpresa e felicidade aumentaram à medida que aparecia na tela.

Quando ele se cansava, contávamos histórias e às vezes ela começava a cantar; eu alisava os seus cabelos e, notando a alegria no seu rosto, comecei a sentir uma nova e profunda ternura, que talvez fosse um pouco parecida com o que a minha avó tentava me explicar, sobre o amor que se sente por um filho. Talvez por isso, um dia, quando ela já tinha ido embora, Juan veio até mim e me beijou como se nunca tivesse me beijado: "Você sempre quis ter um filho, certo? Ela será a sua companhia quando eu partir." Não respondi nada porque estava muito triste, não sabia se era por causa daquela criatura da qual comecei a sentir falta ou porque me apavorava a sua morte da qual estávamos nos escondendo novamente. A decisão de não ter filhos foi de nós dois; ele disse que logo a criança ficaria sem pai, e isso eu não conseguia nem imaginar.

Uma tarde saí para passear sozinha porque Juan estava desanimado, sentiu dores no peito e adormeceu; quando vi Lucía chegando, sentei-me na grama e não aguentei mais; chorei silenciosamente, enquanto ela me olhava apavorada; de repente senti sua mão secando meu rosto molhado e ela me perguntou com a sua voz tímida e doce:

— Por que chora, *sumercé*?

Não pude responder, não queria acrescentar mais um sofrimento aos que ela já carregava, mas ela deve ter entendido algo porque começou a ir todos os dias à nossa casa para me ajudar na limpeza, a preparar aguapanela, nossa bebida preferida, quando o frio se intensificava e algumas coisas simples que a deixaram orgulhosa quando lhe dissemos que ela cozinhava muito bem. Certa vez, lhe perguntei o que a sua mãe dizia dela estar conosco por tanto tempo e ela me explicou que não se importava porque não a amava, que estava feliz por estar longe e que esperava nunca mais vê-la. E, como se tirasse trapos de um saco, a cada dia nos contava mais a respeito da vida miserável ao lado de uma mulher que, segundo diziam, queria era um menino, e por isso, desde que trouxe ao mundo uma menina, começou a ser dura com ela e, conforme a filha crescia, o tratamento piorava: a mãe a punia tirando-lhe a comida e batendo tanto nela que talvez seus braços ficassem cansados; depois a deixava de lado como se não existisse; ela permitia que a jovem morasse na sua casa, mas não a alimentava.

— E então? — perguntei, apavorada.

— Vou à cidade todos os dias e, lá na loja, Dona Teresa, que é muito boa e sabe o que faço, me dá uma tigela de sopa, um pouquinho do que sobrou no dia, e em troca eu a ajudo a lavar a louça. Mas não se preocupe, *sumercé*, porque, desde que vocês me acolheram, isso não acontece mais e eu também não vou voltar para lá nem para a casa da minha mãe; e me disseram que agora ela está feliz porque, como diz que sou uma imprestável, ela nem quer saber de mim e foi embora, sabe-se lá para onde, com alguém que tem fama de ladrão.

Desde então, Lucía ficou morando conosco; Juan a ensinou a ler e a escrever, e ela me ensinou a tricotar, e, enquanto combinava cores e pontos, contava-nos lendas que acreditava serem o catecismo e explicava as geadas que queimavam os vegetais, de uma forma um tanto mágica, mas que não poderia ser refutada. Logo a mandamos para a escola e, como ela era muito animada, aprendia com facilidade e gostava de estudar. E uma noite, quando já estava dormindo, Juan me pediu para ouvi-lo:

— Acho que Lucía deveria ficar conosco, ela te ama como a mãe que nunca teve e você também a ama; além disso, quando eu me for, durante esse tempo, ela poderá te ajudar e será sua companhia, quase como a de uma filha — ele riu com aquela risada que iluminava o seu rosto, certo de que eu aceitaria sem necessidade de resposta. — Enquanto isso, as suas descobertas e histórias são como um pouco de água doce que nos diverte e nos dá uma nova alegria.

No dia seguinte contamos a Lucía o que havíamos resolvido e fomos falar com o padre da aldeia, que ficou muito feliz "porque aquela mulher, que deveria ser sua mãe, é antes o próprio diabo e ainda por cima está agora vivendo com um bandido". E, para terminar e dar força às suas palavras, abençoou-nos, deu bons conselhos a Lucía, que não conseguia esconder a sua felicidade, e repetiu que todos os dias rezava pela saúde de Juan.

Com o passar dos dias e como se ela fosse um caniço, quase vimos Lucía crescer, ela era uma adolescente simples e criteriosa e, quando Juan piorou, entendi que, como dizia a Formiguinha, Deus a havia enviado para mim, já que Ele mesmo não poderia descer para me ajudar.

Logo tivemos que sair do campo e voltar para a casa que há tanto tempo abandonamos e que nos acolheu com aquele carinho que só aquela que sempre foi nossa tem. Quando cheguei, lembrei com ternura de coisas que já havia esquecido, como o ranger do piso do corredor, que estava meio afundado desde que papai era vivo, e a cada passo eu dizia: "Amanhã vou contratar alguém para trocar essas tábuas antes que afundem e acabemos sabe-se lá em que caverna misteriosa, ou talvez encontremos um tesouro"; e ele ria para planejar o trabalho novamente; só mudou o local onde cairíamos quando o chão desabasse; mas o acordo nunca foi selado, e eu não consegui cumprir, de todo modo; talvez seja uma forma de lembrar a risada dele quando inventou aqueles lugares que ficavam embaixo do assoalho e ao passar por lá novamente senti um amor imenso por cada um dos cantos da minha antiga casa, familiares como as vozes daqueles que já haviam partido. Juan piorava a cada dia, não tinha mais forças e ficava muito cansado ao falar; contudo, ele me contou coisas muito bonitas; sentia-se tranquilo em casa e, como já havia repetido muitas vezes, recusou ser internado; o médico concordou, pois não havia o que fazer e Juan deu um sonoro "não" à possibilidade de prolongar a vida e repetiu lentamente a música:

Querer que um homem viva
quando Deus quer que ele morra
é uma loucura.

Ele passava os dias tranquilo e nunca consegui descobrir que força estranha havia nele, porque, embora o médico tivesse certeza de que estava sofrendo, nunca soubemos; sentei-me ao lado da cama dele, li-lhe poemas, histórias, conversamos muito e acima de tudo recordamos, e quando ele lembrava parecia voltar à vida; às vezes ele ficava calmo e de repente fugia, não sabia para onde e como se voltasse de uma viagem pelas lembranças daquela infância que tanto temia, voltava ao que estávamos lendo ou ao que estávamos conversando. Lucía estava perto e me ajudava quando necessário, mas tinha uma prudência que os anos de sofrimento silencioso talvez lhe tivessem ensinado e alcançou aquela difícil qualidade de estar sempre presente sem ser sentida, de nos fazer companhia sem interferir na nossa privacidade, de acompanhar de perto a doença do Juan e o meu sofrimento sem que a ouvíssemos andando por ali; no entanto, ela aparecia antes mesmo que ele pudesse chamá-la se precisasse.

Quando ele adormecia, eu prestava atenção ao menor movimento e enquanto observava seu sono tranquilo eu pensava e, ao pensar, lembrava que me diverti contando a ele coisas sobre minha infância e quando lhe perguntava sobre a sua, ele falava dos tios, como se na figura deles estivesse o significado de ser criança. Parece-me que aqueles anos que passou ao lado de dois seres que lhe deram tudo o que uma criança poderia desejar foram tristes e que, desde então, ele se tornou um ser solitário "foi porque talvez tivessem medo da ternura", explicou-me com aquela generosidade que lhe permitiu compreender o que chamava de pequenas fraquezas que todos temos.

— Nunca conheci o meu pai; eu sabia, porque os tios me repetiam, que era ele quem mandava o dinheiro para que eu tivesse tudo o que pudesse imaginar, mas será que nem o meu pai nem os meus tios jamais imaginaram que a única coisa que eu queria era que ele ficasse comigo? E com aquele desejo insatisfeito que me fazia idealizar a sua figura e por vezes odiá-la, fiquei até o dia em que os tios e outro homem, que me disseram ser o executor, me fizeram sentar no sofá da sala que só se abria para receber visitas e eles me explicaram que o meu pai, que nunca conheci, havia morrido pilotando um pequeno avião, mas que eu não deveria me preocupar; ele havia deixado a sua fortuna em meu nome, então os meus estudos e, em parte, a minha vida estavam garantidos. Só mais tarde entendi o significado daquelas palavras e quando cheguei à maioridade comecei a administrar o meu dinheiro, mas você sabe, nunca tive certeza de que era meu; às vezes me parecia que eu estava roubando porque eu realmente não sabia quem havia deixado para mim, outras vezes, temia que fosse algo emprestado que um dia eu teria que devolver, mas a quem? E como as histórias de tesouros e piratas ainda estavam vivas lá no inconsciente, me diverti imaginando um baú brilhante de ouro e pedras finas que guardava as moedas de ouro que o banco convertia em cheques vulgares. Mas como eram devaneios secretos e eu já era homem, tive que fazer negócios, investir, vender terrenos e casas até me cansar daquelas agitações que não me interessavam nem entendia e deixei isso nas mãos do meu amigo executor, o homem mais honesto que já conheci, para que pudesse entender as moedas do baú. Você o conhecerá, porque, quando eu partir, ele continuará administrando o que é meu, que será seu; olha que estranho, você vai receber a herança, já bastante diminuída, de um homem que nem você nem eu conhecemos. Fui proibido de falar da minha mãe, lembro-me da primeira e única vez que perguntei por ela; tudo ficou em silêncio como no instante que se segue a uma catástrofe; mas eu só olhei para eles esperando que falassem alguma coisa e finalmente o cara disse "aquela senhora não está aqui, ela nunca mais vai voltar e eu proíbo terminantemente que você pergunte sobre ela de novo". E então fiz isso porque era uma criança obediente que nunca lhes dava problemas ou talvez porque tinha medo não sei do quê, talvez de saber de algo que me assustasse ou era só porque estava assustado com o tom áspero da voz do tio quando ele estava com raiva. Às vezes as pessoas pensam que, se não tem necessidades materiais, a criança fica feliz e nunca terá o direito de reclamar, e ouvi isso de pessoas que iam visitar os meus tios e que os parabenizavam e lhes desejavam um lugar ao lado de Deus por sua bondade para comigo; e, bem, agora aceito que não me faltou nada, exceto o que eu te disse, amor, mas talvez nunca tenham pensado nisso; bastava-lhes administrar com honestidade o dinheiro que meu pai mandava e aquele que me deixou quando morreu; mandar-me para a melhor escola, para que a minha educação os deixasse orgulhosos no seu círculo social. É muito estranho, quando eles morreram, com alguns meses de diferença, os meus sentimentos foram confusos e nos funerais as pessoas me repetiam: "eles eram os seus verdadeiros pais" e coisas assim que eu compartilhava e rejeitava ao mesmo tempo, eu me culpava por não amá-los como disseram que eu deveria amar e por muito tempo não consegui resolver essas contradições; lembrei-me com ressentimento da distância que eles colocaram entre mim e eles, a dureza da sua aparente generosidade, a frieza altiva da sua tolerância para com uma criança que nunca foi contra o que eles ordenavam e que aceitou as suas regras sem quebrá-las e mesmo agora, às vezes, me pergunto: será que eles não pensaram em mim com amor verdadeiro ou não o sentiram, ou será que algo terrível aconteceu na vida deles e lhes secou a alma? Não encontrei resposta, mas desde então nasceu uma rejeição em relação a eles num lugar muito secreto da minha alma. E a verdade é que nunca imaginei que um dia pudessem passear por aqueles prados azuis que pintei quando era pequeno e por onde passeava antes de dormir com o meu Trueno, o cão labrador que finalmente, depois de muitas orações, eles me permitiram ter.

O fim durou apenas algumas semanas, já não me recordo quantas, tão curtas para tê-lo ao meu lado e longas, infinitamente longas para aquela agonia que vivemos juntos; eu não sentia a dor que o levou a ponto de gritar e o deixava quase sem sentido, mas ao vê-lo assim me sentia indefesa e só pude enxugar o seu suor, tentar entender as suas frases desconexas, a oração daqueles olhos que me fitavam para me dizer muitas coisas que quando consegui vislumbrar perdi porque ele já havia passado para outro estado ou estava apenas murmurando sons que não era possível entender; às vezes ele me pedia para buscar objetos que eu nunca havia visto, talvez da sua infância, para deixar Trueno entrar e então tentava sorrir; ele me contou coisas cujo significado eu mal conseguia decifrar; mas, quando a dor o deixou, ele foi coerente, até me contou partes de sua vida que eu ainda não conhecia, falou muito sobre aquele mosteiro, mas, ao percorrer o caminho das memórias, ele se perdia e me perguntava se Joaquín, o marceneiro, já estava chegando.

— Talvez ele ainda não tenha conseguido o dinheiro da passagem de avião, por favor, mande antes que seja tarde demais, vamos, Lucía pode cuidar de mim enquanto isso.

E eu fui, não para pegar dinheiro, mas para chorar no pátio; Joaquín havia morrido, Juan sabia, havia muito tempo, nem eu consegui conhecê-lo, mas antes de partir Juan precisava estar com aqueles que tanto amava. Quando voltei para o quarto, perguntava-me repetidamente se ele ia chegar em breve "porque o Vicente também o espera; venha, sente-se aqui para que nós três possamos conversar e rir de novo, pode ser?"

Ele chamava pelo pai, mas deu-lhe outro nome, pediu para eu não o deixar sozinho, para chegar mais perto, mesmo que a mão dele estivesse quase presa à minha, e de repente ele tentou se levantar porque queria pintar.

— Olha que estranho, agora estou vendo coisas que quase esqueci ou que não pude ver naquela época.

Depois arrumávamos a cabeceira da cama, o deitávamos nas almofadas e eu lhe dava papéis e lápis para desenhar; mas ele mal conseguia traçar linhas que se torciam e se cruzavam sem direção e o lápis logo caía da sua mão; depois pegava com dificuldade o papel e me explicava o que havia desenhado, o que só a sua imaginação febril acreditava ter colocado naquelas folhas que, já meio amassadas, eu guardava com cuidado porque eram o último presente que ele poderia me dar. Ele olhava para o nada, talvez pensando, e se perdia novamente num delírio que me enchia de ansiedade e me aterrorizava; então, se o analgésico fizesse efeito, ele voltava a dormir. Lucía não dizia uma palavra e quando aquele estranho sentido que guiava a sua discrição lhe avisava que era hora de entrar, chegava com café e algo que havia preparado para mim.

— Se eu ficar doente, o que vamos fazer? Experimente pelo menos esses biscoitos que fiz para vocês dois.

Sentava-se ao meu lado e não saía até eu terminar de comer; às vezes, apoiada no seu ombro, eu adormecia por alguns instantes, até que qualquer movimento de Juan me tirasse daquele sono onde as imagens da realidade se confundiam com aquelas outras que saíam sabe-se lá de que canto escondido e misturavam tudo como se estivessem num palco onde não havia diretor e eu não havia sido convidada nem tinha nada a ver com o que acontecia lá.

Fazia tantos anos que enganávamos a morte, mas a voz terrível da deusa já se ouvia lá de cima:

— Você vai se libertar mais uma vez da morte horrível desse ser mortal, há muito condenado pelo destino a morrer?

As noites eram longas e não traziam descanso, e eu estava com ansiedade, queria desesperadamente ouvir uma voz que me dissesse alguma coisa, mas não havia nada além de silêncio e eu ainda esperava que um milagre acontecesse, talvez eu conseguisse me aproximar do mistério inevitável que chamamos de morte e que, sem levar em conta os nossos desejos, sem que possamos compreender o porquê, decide o momento. Então as imagens reviveram e pensei ter visto que "a sua alma abandonou os seus membros e desceu à morada de Hades chorando porque deixava um corpo vigoroso e jovem".

Desesperada, abracei-o, beijei seu rosto, e, quando fechei os seus olhos, que não olhavam mais para mim, senti um desânimo e uma profunda sensação de fracasso, porque, apesar de ter fugido e lutado e acreditado e vivido tanto, "agora a Morte e o Destino o alcançaram!"

E embora ele estivesse ali, deitado ao meu lado, já não era ele, já tinha saído sem fazer barulho, com a serenidade que aquele arcanjo lhe ensinara a ter e, quando me lembrei dele, tive a impressão de sentir as suas asas batendo levemente no ar parado da sala; depois tentei em vão encontrar o marceneiro que deveria ter vindo acompanhá-lo como ele queria, precisei vê-lo e ouvi-lo dizer-lhe para não sentir medo, que o acompanharia no caminho; cruzei as suas mãos sobre o peito e pousei as minhas nas dele, pela última vez, antes de um dia nossas sombras se encontrarem e caminharem pelos campos que ele pintou de azul quando criança. "E imediatamente o véu da morte se estendeu sobre o seu rosto."

Lentamente saímos da igreja que estava ficando vazia, os amigos carregavam o caixão coberto de flores e, quando as orações e os cantos se dissolveram em murmúrios, aquelas palavras ecoaram em meu cérebro: "O resto é silêncio!".

Depois, houve depois? Eu não tenho certeza. O tempo parou, começou a pequena história da minha vida e me neguei a alegria de olhar pela janela a minha vida com Juan porque sabia que não poderia evitar que as lembranças levassem inevitavelmente à escuridão profunda da sua morte e que eu o perderia novamente. E, envolta no esquecimento, ela só pensava em trabalhar, sentia medo do descanso porque o anjo que estava ao lado da sua cama poderia vibrar novamente e então a memória e o temido fim começariam a fluir.

Vicente escrevia-me com frequência, mas talvez sentisse falta da minha forma de fugir do passado porque me proibiu de dizer, e mais ainda de escrever, aquelas palavras simples que fortalecem a amizade, quando dizemos "lembras-te?" Porém, meses depois da morte de Juan, recebi uma carta de Vicente e agora que ele também partiu reli aquelas linhas que me acompanharam e enquanto ele viveu me deram a garantia de que, se um dia eu não aguentasse mais, pediria ajuda a ele:

"Adelaida, minha querida menina, também chorei por Juan e sinto cada vez mais falta das suas cartas cheias de humor, inteligência e coragem; você sabe que durante toda a minha vida ele foi o único amigo que tive. À noite, muitas vezes, na escuridão do meu quarto, começo a rever as nossas viagens, a olhar para aquela tarde na taberna, quando começou a nossa amizade. Mas agora quero falar com você sobre outra coisa; ouça-me como se eu estivesse ao seu lado; você não pode continuar chorando, não é possível você se destruir; ele nunca teria desejado isso; Adelaida, viver não é uma traição, você tem direito a um pouco de felicidade mesmo que Juan não esteja mais ao seu lado; eu sei o quanto você o amava, o quanto ele amava você; contudo, e talvez por causa disso, o que vocês estão fazendo não tem sentido; eu sei por Lucía que você mal fala com ela o necessário e que vive trancada. O que acontece? Ouça agora o que quero lhe dizer; arrume as suas coisas aí e venha para Madrid, você pode vir para minha casa e ficar conosco um pouco ou para sempre se quiser, é assim que eu quero. Nada lhe faltará e terá todo o amor que merece; a Formiguinha sabe o que está acontecendo com você e pode imaginar como ela cuidaria de você se estivesse com ela;

sei perfeitamente que nunca abandonará o amor e a memória de Juan, mas, por Deus, ele não é fiel à sua memória.
— Então por que você faz isso?"

"Por que eu faço isso?" Perguntei-me muitas vezes, mas não consegui encontrar resposta; foi uma das muitas perguntas que se perderam no meu silêncio teimoso, na obstinação com que neguei a morte de Juan; apaguei a sua morte do meu cérebro, do meu coração e comecei a morrer em vida porque tinha fechado a entrada da sua memória. Mas não fui capaz de partir como Vicente propôs; fiquei com medo de pensar que um dia poderia, se não me apaixonar, pelo menos procurar a sua mão para me apoiar quando o calor da mão de Juan ainda aderia aos meus poros; e imaginava isso como a mais terrível deslealdade, até para com ele, porque quando reli a carta me convenci de algo que às vezes, em Madrid, o traía; até Juan um dia me disse, rindo: "É claro que ele está apaixonado por você, e eu também estaria se fosse ele, mas não se preocupe, ele é um homem tão leal e nos ama tanto que prefere morrer a se permitir sequer pensar em você de maneira diferente doa que é: amiga dela, quase sua irmã mais nova."

Eu não poderia sair e, como ele escondia o que sentia por mim, afastei a mais remota possibilidade de isolar a memória de Juan; gostaria de tê-lo por perto para lhe contar, para explicar-lhe o que era difícil numa carta, mas foi assim que tive que fazer e, embora ele provavelmente esperasse e aceitasse, talvez com tristeza, continuou escrevendo para mim, me dando apoio, chegou até a me contar a sua história, o seu antigo segredo, e quando o fez tudo ficou claro e continuamos melhores amigos; não sei se ele manteve esse amor até a morte, mas, se assim foi, nunca mais o mencionou e se manteve unido à sua devoção a Juan, à lealdade ao amigo que ele nunca teria quebrado. Quando alguém viajava, me mandava livros de arte e, como uma vez lhe contei aquela velha história, um dia ele me mandou uma boneca de pano que me fez reviver a minha adolescência e sentir uma ternura imensa por ele; a ternura, aquela estranha sensação que amolece a alma e a torna vulnerável; por isso me apressava a afastá-la antes que escapasse por qualquer fresta e eu não soubesse mais o que fazer. Em todo caso, as suas cartas continuaram chegando até que recebi aquela que anunciava sua morte e então, ao lê-la, foi inevitável que o muro que construí com tanta habilidade para não olhar o que havia ficado para trás, aquele tempo feliz, desmoronasse; mas com a mesma rapidez posicionei os tijolos uns em cima dos outros, colei-os e dei à parede uma altura ainda maior.

E continuei assim, por tempo imensurável, em que só me interessava a pintura, que se tornou o meu único incentivo para viver, e as aulas, que me permitiam transmitir aquela paixão e me proporcionavam alegria sincera. Naqueles dias, Lucía anunciou que ia se casar com José, o menino que um dia veio arrancar ervas daninhas do jardim, que eu havia esquecido, e que consertava tudo o que estava quebrado, desde a pintura da casa até os eletrodomésticos; ela era muito jovem, mas ele era um bom homem e eles se amavam, então a notícia me tirou da letargia por um tempo; fiz os preparativos como teria feito para o casamento de uma filha porque, de certa forma, é o que ela foi, então, além de ser madrinha, auxiliei com uma pequena comemoração com a família de José e lhes dei, em nome de Juan e meu, a base para que pudessem começar a construir a sua casinha no terreno que ele tinha. Fiquei sozinha em casa, mas ela vinha todos os dias me acompanhar, José me ajudava a manter tudo em ordem e a sua felicidade me devolvia a uma certa realidade; mas a morte ainda estava lá, velada por uma sombra escura que às vezes era confundida com a escuridão passageira de um eclipse. Não falei dela para ninguém porque queria me convencer de que ela nunca existiu e, para não pensar, trabalhei incansavelmente; foi assim que acreditei cumprir, pelo menos em parte, o juramento que uma vez fiz à Formiguinha e ela tinha que saber do Além que eu havia tentado, que havia feito o que estava ao meu alcance, que não parava de trabalhar, que me dedicava à pintura e às aulas, que às vezes ia ao cinema e tinha amigas; contudo, a outra metade do compromisso ainda estava pendente; faltava na circunferência um pedaço que escondi porque não fui capaz de enfrentar a sua morte, embora durante anos vivesse com a certeza de que estava próxima de Juan. Por isso inventei o esquecimento, como se fosse possível! E só agora me atrevo a lembrar aqueles dias em que Juan foi embora, quando o golpe me deixou sem vida e eu fiquei como aqueles bonecos de Ano Velho recheados de palha que vão queimar à meia-noite. Já não tinha olhos, já não sentia o meu corpo, apenas uma dor, talvez muito antiga, que me dobrava as costas, apertava o peito, e um cansaço infinito começou a me invadir, o cansaço de viver. Mas Lucía me salvou; foi ela que esteve ao meu lado, que me fez comer, baixou minha febre e secou meu suor, foi ela que me obrigou a levantar, voltar a trabalhar e sentir um pouco de alegria. Porém... na alma tudo permaneceu igual.

Até a manhã do clique, da chamada, do ressoar do sino, da sua voz que só naquele momento me preparei verdadeiramente para obedecer e agora entendo, com uma risadinha, que foi ela quem causou todo aquele barulho para me obrigar a me virar e me preparar para sair do esconderijo; aí não consegui mais escapar e comecei desde o início até chegar naquele dia em que a vovó gritou: "Estão batendo". E era ele. Continuei revivendo a história para que ela ficasse ao meu lado e comecei a caminhar como ela me fez prometer há muito tempo, não me desviei do caminho que a memória abria para mim e finalmente cheguei ao lugar onde se unem o que aconteceu e a sua marca no agora, a dor de então e a aceitação da sua morte; e então a memória se mostrou intacta.

Agora, verdadeiramente, cumpri a promessa e, ao fazê-lo, estou em paz comigo mesma. Posso te chamar, e em voz baixa, quase um sussurro, digo e você me ouve:

— Juan, a história está completa, voltamos a nos encontrar e o círculo se fecha. Você consegue sentir minha voz como sinto a sua bem perto do meu ouvido?

Este livro foi impresso nas oficinas gráficas da Editora Vozes Ltda.,
Rua Frei Luís, 100 – Petrópolis, RJ.